杨绛传

我一个人思念我们仨

亭后西栗　著

中国商业出版社

图书在版编目（CIP）数据

杨绛传：我一个人思念我们仨 / 亭后西栗著. —北京：中国商业出版社，2017.4

ISBN 978-7-5044-9834-2

Ⅰ.①杨… Ⅱ.①亭… Ⅲ.①杨绛（1911—2016）—传记 Ⅳ.①K825.6

中国版本图书馆 CIP 数据核字（2017）第 082541 号

责任编辑：武文胜

中国商业出版社出版发行

010-63180647　www.c-cbook.com

（100053　北京广安门内报国寺 1 号）

新华书店经销

北京佳顺印务有限公司

★　★　★　★　★

880×1230 毫米　1/32　9 印张　150 千字

2017 年 8 月第 1 版　2017 年 8 月第 1 次印刷

定价：36.00 元

★　★　★　★

（如有印刷质量问题可更换）

序

不知从何时起，“民国才女”一词，成了许多人追捧的存在。

严格地说，这四个字并不只是简单的词组。它们合在一起，传达着特殊的含义；它们的背后，是一道生而优雅的女子组成的、令人神魂向往的风景线。

她们生于乱世，红颜坎坷。她们有些家世显赫，却在动荡中早早败落；有些出身平平，童年贫乏惨淡。她们比寻常女子获得了更多的教育机会，也比寻常女子多出了天生的敏感和才思。她们成为“民国才女”，文章斐然，优雅伤感；她们领受着才子的爱慕，文人的欣赏，世人的惊叹；她们从“女子无才便是德”的桎梏中破茧而出，挥动着绚烂的翅膀，在政治灰暗的年代，闪出一道道耀眼的光芒，成为当代诗人笔下一个个幽婉旖旎的美梦。

她们有着和旗袍一样曼妙的名字，她们叫吕碧城、张爱玲、林徽因、陆小曼、丁玲、苏雪林、张充和、谢婉莹……她们有些红颜早逝，有些颐养天年，她们在文学和历史上组成一页重要的篇章，也让自己的风月故事伴着作品流传至今。

当流年飞转，“民国才女”的光辉逐渐化为久远的过去、特别的回忆，却还有一名女子，伴着岁月从民国一直走到如今。她是“民国才女”，也是当代名家，更是现代文学泰斗。她是距离我们的年代最近的“民国才女”，她是“最贤的妻，最才的女”，她叫杨季康，她叫杨绛。

当同时代的“才女”们大放异彩，纷纷以才学和美谈被众人熟知时，杨绛还在埋头读书；当“才女”们著述闻名，纷纷在文坛占据一席之地时，杨绛还在埋头读书；当“才女”们在战争与政治的风暴中身世飘摇、韶华零落时，杨绛正在持家糊口；后来的后来，当“才女”们悄然静默、香魂陨落时，杨绛终于与钱钟书一起，相扶走过动荡与艰难，开始正式向文坛进军。

她来得稍晚，却并不稚嫩；她走得稍慢，却并不迟疑。她从民国时代而来，穿越百年光阴，一路缓缓前行，以自己的成就，见证着中国社会的变迁与发展。她从“民国才女”，蜕变成跨时代的文豪，而中国也从封建和动荡，走向民主与和谐。

从未见过这样一个淡然的人，她有着淡然的微笑，平和的言语，优雅的姿态，温婉的性格；却还同时拥有着不屈的勇武，刚烈的作风，坚忍的执拗以及永恒不灭的信念。

她不是两种性格的分裂物，而是两种品格的集合体，她在自己漫长的一生中，扮演了许多角色，每一个都是那么地尽心尽力、优雅动人。

静好岁月里，她是高门深闺中走出的掌上明珠，举手投足都透着风雅；艰苦运动中，她是高崖峭壁下涌动的沉涛巨浪，风雨雷电从不曾妥协。当阳光驱散了大片乌云，当皱纹偷偷攀上额角，她便化为悠悠水波，轻拍沙岸，将掩埋在沙砾中那些尖利的、粗糙的记忆，轻轻冲刷，慢慢打磨，用温柔的心，将它们揉成记忆中温润闪光的明珠。

到那时，她会从容优雅地信步沙岸，俯拾入掌，掬一捧时光之泪，与挚爱重聚。她会悠悠转身，在温暖的沙岸上，留一串小小的脚印，任水波冲刷。

那些脚印，都叫作岁月，我们踏沙而行，循她的记忆，回溯那段终将模糊的岁月。

目录

| 杨　绛　传 |

第一卷　少年不识愁滋味 / 001

第一章　“她”的大家庭 / 002

第二章　遥远而温暖的小时候 / 019

第三章　从启明到振华，开启读书之旅 / 038

第二卷　一生一世一双人 / 063

第一章　在东吴大学的进化 / 064

第二章　我来了，刚好你也在 / 083

第三章　有决断的人生选择 / 105

第四章　我们，成了我们仨 / 125

第三卷　飘蓬本是东归雁 / 139

第一章　在战火纷飞时回国 / 140

第二章　动荡中的相依相伴 / 158

第三章　黎明前的黑暗 / 181

第四卷　守得云开见日明 / 195

第一章　从文学中寻求安稳 / 196

第二章　一抹颜色 / 218

第三章　生活本就是素材 / 229

第五卷　一别生死两茫茫 / 241

第一章　我们仨失散了 / 242

第二章　我一个人思念我们仨 / 263

第一卷

少年不识愁滋味

第一章
“她”的大家庭

与父亲的性格一同历练

行走在这世上，我们每个人身上都会烙着家庭的印记。那是从父母身上继承而来、熏陶而成的性格特征，它们根植于心，展现在我们的每一次举手投足中，伴随我们走完一生，成为最重要也最根本的品格。

当我们静静地坐下来，尝试着触碰和探询杨绛先生的一生，想要了解她如何成为风华耀眼的才女，最先跃入我们眼中的，便是她那生于书香门第却执着刚正的父亲：杨荫杭。

1878 年，世居江苏无锡、几代为官的杨家又添新丁，取名荫杭，字称补塘。生于江苏而名纳浙江胜地，大约是老一辈愿他福荫至于苏杭，德才纵贯钱塘，将杨家历代的清正之风发扬开去。由此可见，长辈对杨荫杭的期望还是颇高的。

在杨绛自己的描述中，杨家被称为"寒素人家"，其"寒"指经济状况，而"素"说的却是家风的朴素自谨、为官清廉，正是这样的"寒素"家风，培养和熏陶出杨荫杭正直不阿的性格，这种性格从他为自己起的笔名中就可见一斑。杨荫杭笔名老圃、虎头，老旧而没有围墙的菜园子，既朴素又不乏底蕴，猛虎之头则言简意赅，是勇猛与不屈的象征，它们就像是两个注解，标记着杨荫杭一生的气节。

1895 年，正值少年的杨荫杭考入北洋大学堂，当时这里叫"天津中西学堂"，后来改为北洋大学，如今叫作天津大学。所以，无论是当初还是现在，这都是一所名牌学校。杨荫杭在校期间成绩优异，品行端正，最后却落了个被学校除名的结果。

那么，当时发生了什么呢？在杨绛晚年撰写的《回忆我的父亲》中，写下了这段往事。

据我二姑母说，我父亲在北洋公学上学时，有部分学生闹风潮。学校掌权的洋人（二姑母称为“洋鬼子”）出来镇压，说闹风潮的一律开除。带头闹的一个广东人就被开除了。“洋鬼子”说，谁跟着闹风潮就一起开除。一伙人面面相觑，都默不作声。闹风潮不过是为了伙食，我父亲并没参与，可是他看到那伙人都缩着脑袋，就冒火了，挺身而出说：“还有我！”好得很，他就陪着那个广东同学一起被开除，风潮就此平息。

原来，这“闹”名不是事实落成，也不是他人栽赃，而是他自己抢来的！只因恼火当初参与风潮的学生现在都装作无辜，便挺身而出为那带头的学生松了绑，当真如“虎头”般骁勇生猛。这样的行事作风，杨荫杭一生都没有改变，无论是上学，还是后来供职于政府部门，哪怕时局动荡、政治黑暗，他也依旧坚持自己的原则，人如其名，“虎头”一般威武不能屈。

1897 年，杨荫杭转入南洋公学，又过了两年，成绩名列前茅的杨荫杭与另外五名学生一起被选为留学生，送到日本早稻田大学（当时名为“东京专门学校”）学习。

清末民初，时局的动荡让当时很多年轻人萌生了救国治乱的理想和觉悟，这次留学生涯，带给杨荫杭的不止是知识的增长、视野的开拓，还有思想上的觉醒——在日本，他第一次接触到西方的民主法治思想。

1900 年，正是万物萌动的春季，杨荫杭和留日同学一起组建了励志会，同年，他们又联合创办了留日学生自己的第一份杂志——《译书汇编》。这本杂志专门翻译和刊登欧美政法方面的名著，如孟德斯鸠的《万法精义》、卢梭的《民约论》、穆勒的《自由原论》等等，这也是杨荫杭与西方民主与法制思想最初的结缘。

1902 年，杨荫杭从日本回国。这时的他，已经是一名脑中有思想、心中有抱负的有为青年。回国后，他起先被派到北京译书馆进行编译工作，谁料第二年，译书馆就因为经费紧张而停办。杨荫杭回到家乡，创办了“理化研究会”，为家乡的有志青年提供理化和英语方面的教学；同时，他还在上海兼职，担任《时事新报》《苏报》等多家报刊的编辑及撰稿人，并在中国公学、务本女校等学校授课。

回国后的杨荫杭，一心想让西方的民主和法治思想在中国大地上开花结果，为此，他还在家乡“聚集同志，创设了励志学会。他们借讲授新知识之机，宣传排满革命”，这种行为自然遭到保守派的不满和排斥，甚至还引来政府的追捕。杨绛在《回忆我的父亲》中，专门叙述杨荫杭的惊险过去。

听说他暑假回无锡，在俟实中学公开鼓吹革命，又拒绝对祠堂里的祖先叩头，同族某某等曾要驱逐他出族。我记得父亲笑着讲无锡乡绅——驻意大利钦差许珏曾愤然说："此人（指我父亲）该枪毙。"反正他的"革命邪说"招致清廷通缉，于是他筹借了一笔款子（一半由我外祖父借助），1906年初再度出国留学。

这一次，杨荫杭再次回到早稻田大学。当时的学制与现在不同，本科课程是不颁发学位证书的。所以，杨荫杭进入了研究科，并在第二年，也就是1907年的7月取得了法学学士学位。之后，杨荫杭来到美国，就读于宾夕法尼亚大学，并在1910年毕业。在杨荫杭毕业的第二年，他的毕业论文被收入宾夕法尼亚大学法学丛书第一辑，书名是《日本商法》。

不过，杨荫杭并不是一个爱炫耀的人，他将那本书藏在书架的最高一层，也从不提起它。杨绛只见过他在宾夕法尼亚大学时为期一年的注册证，至于那本出版的论文，还是因为钱钟书在书房里偶然见过，后来向杨绛提起，她才知道的。为了弄清这件事，杨绛专程写信，拜托宾夕法尼亚大学的李又安教授帮忙，很快在学校的法学图书馆找到了这本书。

读过当年法学院院长卢易士为《日本商法》写的序文，再结合杨荫杭论文的观点，以及自己对父亲的了解，杨绛推测，父亲杨荫杭由于在国内遭到抵制和通缉而出国，之后埋头书籍之中。放弃了通过革命改变现状的想法，转而幻想着借用西方的民主法治，来改良当时中国社会腐朽衰败的专制制度。也就是从这个时期开始，他的政治理想开始向“立宪”倾斜，而不再像以前那样选择激烈地抗争。

在杨绛的记忆里，她上高中的时候，杨荫杭曾和她认真详细地分析过“革命派”和“立宪派”，但她听的时候似懂非懂，过段时间就忘记了，只知道父亲的结论是“改朝换代，换汤不换药”。结合当时的背景，北伐胜利后，新政府的成立并没有给中国社会带来新纪元，面对政府的黑暗，杨荫杭的“立宪梦”就在那个时期，彻底破灭了。

不过，人的任何一段经历，都会影响他之后的生活。两次出国留学、接触并翻译西方民主法治专著，这些经历让杨荫杭从当初那个年轻气盛、热血澎湃的毛头小子，变成一位眼界开阔、思想富足的先进学者，正因为这样的经历，让他成为和一般封建家长不同的开明父亲。

在杨荫杭的指引和管教下，杨绛一直过着较为自由开放的生活。和同时代其他的高门闺秀相比，杨绛身上少了一些顺从娇柔，却多了几分率真自信，以及继承于父亲性格中的那份难得的坚持与刚直。而对于杨绛来说，记忆中最深刻的，不是父亲的政治抱负与生平经历，而是与父亲有关的那些温馨的家中事。

从母亲的言行获取温婉

如果说父亲杨荫杭的刚烈与开明，塑造了杨绛坚强自由的性格，那么在她的成长中，母亲唐须嫈则更多地为其添加了女性特有的温婉与和顺。

唐须嫈也是无锡人，与杨荫杭同龄，两人在 1898 年结婚。

唐家是富商，唐须嫈小时候，家里曾请女先生来为她授课，后来，还将她送到上海“务本中学”读书，这是当时著名的女子中学。

世界从来都很小，在那个年代，读书人的世界更小，在务本女中与唐须嫈同学的，有后来成为章太炎太太的汤国梨，以及杨荫杭的三妹，也就是杨绛的三姑母杨荫榆。

唐须嫈是典型的江南女子，知识的熏陶让她更显贤惠文静。结婚后，她不愿抛头露面，而是将自己深藏家中，相夫教子，甘做一位贤妻良母。

史料中关于唐须嫈的记载很少，大部分的爱好和生活细节，都是通过杨绛的回忆探知的。

唐须嫈曾有个小名，唤作“细宝”，根据杨绛猜测，唐须嫈这个古色古香的名字，一定是父亲改的。因为在杨荫杭出任京师高等检察厅检察长期间，每个元旦都要携夫人出席各种应酬，那时检察长夫人也是要有名片的，而名片上又不能写小名，于是杨荫杭便给夫人改了这个名字。

在杨绛《忆孩时（五则）》中，第一篇便是《回忆我的母亲》。在杨绛的印象中，母亲的性格“忠厚老实，绝不敏捷”，受了欺侮也不会当场反应过来，只在事后意识到对方是在损她甚至骂她；但她并不去计较，很快也就忘了。大约正因为如此，唐须嫈和任何人都能平和相处，一辈子没结下冤家。母亲这种温和性格，刚好中和了来自父亲的强硬作风，为杨绛在刚正的品性中，添了一份柔韧与稳健。

《回忆我的母亲》篇幅很短，却写出了一个活灵活现的唐须嫈。她像许多那时的女子一样，心灵手巧，擅长女工。杨绛出生那年，杨荫杭买回一台胜家名牌的缝衣机，唐须嫈便自己买衣料，连裁带缝，很快就能做得一套衣裤。但她又与大多数贤妻良母不同，在柴米油盐的普通生活中，总能发挥自己的灵心慧性，创造一些新奇。

唐须嫈曾经设计将饭桌的中央做一个活动的圆洞，平日里圆洞合上，就是正常的桌子，想吃汤时，将那圆洞露出，桌下放好煤油炉，将汤锅放在炉子上，因为桌面比炉子高，汤锅放上后，锅口刚好露出桌面一点，不会因为太高碍事，又能一直吃到热汤水，和我们现在用的火锅餐桌很相似。

做完家务，休息的时间里，唐须嫈最喜欢看小说，针线活做累了，她便翻开旧体的辞章小说《缀白裘》，边看边笑，怡然自乐。而新体小说她也是看的，不单看，还能区分不同的风格，做比较和欣赏。

例如看了苏梅的《棘心》，又读她的《绿天》，就对我说："她怎么学着苏雪林的《绿天》的调儿呀？"我说："苏梅就是苏雪林啊！"她看了冰心的作品后说，她是名牌女作家，但不如谁谁谁。我觉得都恰当。

杨荫杭与唐须嫈一共育有八个孩子，同住的还有杨绛的二姑母杨荫枌和三姑母杨荫榆，可以说是个大家庭，而这个家里的大事小情都要她这个女主人来操心。

在《回忆我的父亲》中，杨绛提到一个感人的细节：

晚饭后，外面忽然刮起大风来。母亲说："啊呀，阿季的新棉衣还没拿出来。”她叫人点上个洋灯，我却不懂自己为什么要哭。这也是我忘不了的“别是一般滋味”。

事实上，杨绛的泪水里，包含着对母亲的体恤和对她的感激，只是发现起了大风，便立刻想到孩子的新棉衣没有提前拿出来，这是何等地细心，又是何等地用心。这种真挚的关爱，触动着杨绛的心弦，让她落泪，即使并不清楚是为什么，但心里却满怀被深深呵护带来的感动。

无论生活支出的用钱大事，还是家中孩子穿衣吃饭的家务小事，唐须嫈都一肩担下。虽然每天都忙里忙外，但唐须嫈总是和颜悦色、不温不火，从不训斥，更不会打骂孩子们，她有个神奇的能力，能将家里的日常事务安排得井井有条，对佣人也宽松和蔼。

杨家的打杂小厮里有一个穷人家的孩子，唐须嫈特意给他取名为阿福，希望他能借这个“福”字交上好运，更让人教他手艺，想让阿福做个厨子，以后攒些钱好娶媳妇。可惜的是，后来阿福被人骗走，离开了杨家，从此再无音信。

唐须嫈给杨绛留下的最深印象，便是她对杨荫杭的关怀。杨绛甚至说，自家姐妹结婚后也都算得上贤妻，但相比母亲的对父亲的和顺、体贴和周到，她们做得都不够好。

后来，杨绛嫁给钱钟书，面对钱氏大家庭，她能够从容应对、相处得体，或许便是受了母亲的影响。虽然唐须嫈并没有特别指导杨绛，但有些经验本不是指导出来的，她一天天、一年年地做着，杨绛一天天、一年年地看着，后来不知怎的，忽然便会了。

在杨绛的记忆中，母亲是纵容父亲的，就像在娇纵一个长不大的孩子：当杨荫杭留学归来，为表反清之志剪掉了发辫，她就为他做了一条假辫子，方便出门；杨荫杭被通缉，以留学之名流亡海外时，她留在无锡，抚养儿女、侍奉长辈；至于杨荫杭每次触怒上司停职迁家，唐须嫈也从未说过一句怨言。相反地，她还会心疼丈夫太过劳累，叹他是"老牛"。但就是这样一个在人前家外都昂首屹立的"疯骑士"，若被唐须嫈批评了哪里做得不对，马上便会安静听话，不辩解，连句重话也不曾说过，更不要说会吵架了。

纵观唐须嫈的性格，她是旧式大家庭中得体的女主人，宽容大度，温雅和蔼，但她与杨荫杭的关系，却不似一般旧式家庭中那样男尊女卑的一言堂。

在《回忆我的父亲》中，杨绛关于父母的回忆，道出了一段令人羡慕的夫妻关系。

我父母好像老朋友，我们子女从小到大，没听到他们吵过一次架。旧式夫妇不吵架的也常有，不过女方会有委屈闷在心里，夫妇间的共同语言也不多。我父母却无话不谈。他们俩同年，一八九八年结婚。当时我父亲还是学生。从他们的谈话里可以听到父亲学生时代的旧事。他们往往不提名道姓而用诨名，还经常引用典故——典故大多是当时的趣事。不过我们孩子听了不准发问。“大人说话呢，老小（无锡土话，指小孩子）别插嘴。”他们谈的话真多：过去的，当前的，有关自己的，有关亲戚朋友的，可笑的，可恨的，可气的……他们有时嘲笑，有时感慨，有时自我检讨，有时总结经验。两人一生中长河一般的对话，听来好像阅读拉布吕耶尔的《人性与世态》。他们的话时断时续，我当时听了也不甚经心。我的领会，是由多年不经心的一知半解积累而得。我父亲辞官后做了律师。他把每一件受理的案子都详细向我母亲叙述：为什么事，牵涉什么人等等。他们俩一起分析，一起议论。那些案件，都可补充《人性与世态》作为生动的例证。

除了外在表现上的和谐，在精神层面，唐须婴也足以与杨荫杭站在同一个高度上。他们有共同的话题，共同的回忆，共同的反思和感悟；他们在一次次的交流中彼此倾听、了解，这将两个人的心越拉越近。

“请让我走入你的人生、你的内心，让我参与你的过去，现在和未来”，这些如今令我们感动的爱情句子，原来在百年之前，早已有人做过了。

若杨荫杭是顽石高耸，唐须嫈便是环绕着顽石的一弯清池，石遇水则身心渐润，水有石则景致愈佳。纵然生活在旧式的外壳中，但由杨荫杭和唐须嫈共同组成的家是自由开放的，和睦与民主，让这个家中充满温暖与欢乐，也让幼年的杨绛度过了“一生最回味无穷的岁月”。

杨家的“伯伯”不太多

杨家是大家，不仅是因为数代传承的香火，每一代的人丁也颇为兴旺。到了杨荫杭这一辈，兄弟姐妹一共六人。但受限于当时的医疗条件，以及动荡的环境，各家的孩子虽多，但总会夭亡或早逝。

杨绛的大姑母出嫁后不久便患上肺病，早早去世；大伯父在武备学校上学，却在一次试炮时发生事故，留下大伯母带着杨绛的堂兄和堂姐，三人相伴。而排行最末的三叔，从美国留学回来，也染了肺病去世，于是，杨荫杭这一辈，只剩下他和两个妹妹——杨绛的二姑母杨荫枌和三姑母杨荫榆，其中，三姑母杨荫榆更多为后人所知。

杨绛的这两位姑母虽已出嫁，但都与夫家断绝了关系，住进了哥嫂家里。因此，杨绛与这两位姑母的关系很近，印象也深。

杨荫榆比哥哥小六岁，起先就读于苏州景海女中，两年后转到上海务本女中，之后又赴日、美留学，对日文、英文都很熟悉，从日本回国后，在北京女高师[①]担任学监，从美国回来后出任北京女子师范大学校长。

这个时期的杨荫榆思想非常顽固，甚至与进步学生对立。

1926 年 3 月 18 日，为了反对帝国主义的“最后通牒”，以及北洋军阀段祺瑞执政府的卖国行为，在中国共产党领导下，北京数千名群众举行了示威游行，北京女子师范大学学生也参与其中。示威过程中，反动军阀开枪打死打伤三四百人，史称“三一八惨案”，也是鲁迅在《华盖集》中提到的“女师大事件”。在这次事件中，杨荫榆站错立场，遭到鲁迅等进步人士的口诛笔伐，在《回忆我的姑母》中，杨绛称这件事的后果是三姑母“从此打落下水，成了一条‘落水狗’”。

① 女高师：国立女子高等师范学校。

在杨绛对三姑母的回忆中，大约能猜到杨荫榆脾气古怪执拗的原因。

杨荫榆年轻时，被许给一个大少爷，虽说对方家境不错，但那少爷是个傻子，因为傻，嘴巴也合不上，整天流口水。杨荫榆一气之下把傻子抓成满脸花，愤然抗婚，从此发誓终身不嫁。

因为性格尖刻，杨荫榆常不能与人为善。孩子们都不喜欢她，但唐须婺却同情杨荫榆的遭遇，也佩服她独立奋斗的干劲。

大约是体谅她心里的苦，唐须婺对杨荫榆非常好，杨荫榆想做件衬衣，唐须婺担心裁缝做得慢，便买回布料亲自给她做；若是杨荫榆想吃什么菜，她会亲自下厨，做好后还要特别对孩子们说“这是三伯伯[①]吃的”，让他们不要下筷。到了后期，杨荫榆搬出去自己住，若是哪天生病，便要向唐须婺求助，唐须婺二话不说就带着孩子跑去照顾她，直到痊愈。

住在一起的时候，都是唐须婺忙碌。在杨绛的回忆里，

---

① 伯伯：北吴语区对“姑母”的称呼一般是“娘娘”，只有无锡一地不同，将“姑母”称为“伯伯”。

两个姑母“太自私也太自大了”，“家务事她们从不过问”。三姑母杨荫榆甚至还有一套道理，说是若主人家自己擦了桌子，一次两次下来，佣人们就习惯了，以后就不擦桌子，反正有主人做。

杨荫榆抱着这种态度，对家里佣人自然也不太客气，很多人最后都因为“姑太太难伺候”离开了杨家，家里只能再找新的佣人。这无疑给唐须嫈添了不少麻烦，但她却从来不说什么。

杨荫榆不单脾气不好，人还精明。一次，家里买了一大包新出锅的糖炒栗子，孩子们喜欢吃，也知道母亲爱吃，所以一旦剥到好的，就悄悄装进口袋，不约而同地私藏起来。不多时，一大包栗子就被连吃带装地“吃”完了。二姑母倒是没当回事，三姑母杨荫榆却精细，嘀咕着：“这么大一包呢，怎么一会儿就吃光了？”

杨绛记得，兄弟姐妹们有时会在背后讲三姑母的坏话，说她自私刻薄云云。每到这时，唐须嫈便要训斥他们：“老小勿要刻薄。”

唐须嫈曾说过：“三伯伯其实是贤妻良母。”杨荫杭也说：“申官如果嫁了一个好丈夫，她是个贤妻良母。”不过按照杨绛的理解，杨荫榆因早年的刺激，奋力挣脱了封建家庭的桎梏，之后便不屑再去做贤妻良母。她甚至不将自己当作女人，恋爱结婚全都不再考虑，一心投入社会，希望有所作为，成为师大校长后，她更干劲十足。可她在国外埋头苦读多年，远离了国内的革命潮流，无法理解当前形势，又没看清自己所处的地位，在错误的道路上越努力便走得越远。

不幸的过去，会带给人心灵上的创伤，让原本美好的人变得可怕，尽管如此，但也不能泯灭人性中的善恶。就是这样一位性格孤僻尖刻，甚至被自家孩子讨厌的女教育家，在日寇侵占苏州时，展现出一生中最耀眼的英勇和赤诚，她的生命也永远停在那一刻，落成一个醒目的惊叹号。

第二章
遥远而温暖的小时候

京华城中的童年光景

1911 年 7 月 17 日的北京，杨荫杭与唐须嫈的第四个女儿出生了，他们为孩子取名季康，乳名阿季。大约因她是第四个孩子，从“伯仲叔季”的字辈上论本属“季”字，又生于季夏时节，便选了这个字。谁也料不到这“季康”二字，后来却被她的弟弟妹妹撒娇地连读成“绛”；更没人能想到，32 年后，她用了这个字做笔名，一个被后世人所熟知的笔名——杨绛。

杨绛的童年正值新旧时代交叠，存在了几千年的封建统治正在土崩瓦解，中华大地经历着波澜壮阔的巨变。

杨绛出生后不久，1911 年 10 月 10 日，随着武昌起义的爆发，辛亥革命开始了。新时代的思想震撼着人们的精神世界，民主、科学、救国、救民的理念开始在人们心中生根萌芽，渐渐地形成一股社会性的思潮。关于民族解放、民主自由，以及今后国家的发展方向，成了当时进步知识分子们探索和讨论的重要问题。

中华民国成立初年，杨荫杭本是江苏省高等审判厅厅长，但遵照本省人士回避当地官职的原则，他被调到浙江省出任厅长，居住在杭州。

杨荫杭因为个性正直强硬，坚持要求司法独立，行政人员不得干涉，这个做法得罪了当时的省长屈映光。趁晋见的机会，屈映光向袁世凯诬告杨荫杭，称其“顽固不灵，难与共事”。所幸的是，当时袁世凯的机要秘书张一麟，是杨荫杭当年在北洋公学的同学兼好友，见事情不妙，忙替杨荫杭说了好话，杨荫杭才算逃过一劫。为了缓和矛盾，袁世凯亲笔批下“此是好人”四字，之后将杨荫杭调到北京任职，于是杨荫杭一家迁往北京。

1916 年，杨绛五岁，开始识字读书。她在北京女高师附小上学，当时杨荫榆也在女高师工作，出任学监。杨绛的记忆，也是从这个时候开始的。

在《回忆我的姑母》中，杨绛记下了当时的杨荫榆，以及她在附小饭堂吃饭的情景。人是一种很奇妙的生物，虽然年纪小知识少、无法利用理性判断一件事，却可以用感性去体会一个人的好恶。虽然当时的杨绛只有几岁，但她清楚地知道并记得，三姑母是很喜欢她的。

我记得有一次我们小学生正在饭堂吃饭，她带了几位来宾进饭堂参观。顿时全饭堂肃然，大家都专心吃饭。我背门而坐，饭碗前面掉了好些米粒儿。三姑母走过，俯耳说了我一句，我赶紧把米粒儿拣在嘴里吃了。后来我在家听见三姑母和我父亲形容我们那一群小女孩儿，背后看去都和我相像，一个白脖子，两撅小短辫儿；她们看见我拣吃了米粒儿，一个个都把桌上掉的米粒儿拣来吃了。她讲的时候笑出了细酒窝儿，好像对我们那一群小学生都很喜欢似的。那时候的三姑母还一点不怪癖。

那时的杨绛长得胖乎乎，圆团团，正是活泼可爱的年纪，再加上她是学监的侄女，女高师的学生经常在小学部放学后，带着杨绛去大学部那边玩耍。她们会陪她玩秋千，让她飞得很高很高，杨绛既兴奋又害怕，但嘴上却不敢说，似乎那时候的她就明白，对他人的好意要尊重和爱护。

有一次，女高师的学生举办恳亲会[①]，一共要演三天戏，第一天是彩排，第二天邀请男宾，第三天请女宾。因为节目需要，学生们请小杨绛扮演戏里的小花神，将她的牛角辫子盘到头顶，在上面插满花朵，衣服也贴满了金花，光彩可爱。到了运动会时，一个大学生跳绳，为了增加难度和乐趣，让小杨绛跳进绳圈的范围里，在她周围像卫星一样，绕着圈玩起了双人跳。

有很多大姐姐陪着玩耍，能像大人一样上台演出，参加大人的活动，对一个孩子来说别提多风光。虽然成年后，杨绛将这些待遇归结成沾了三姑母的光，但那时她受到的欢迎却是真的。

被疼爱的孩子，大多很快乐，而爱笑的小孩，总会被更多人喜爱，这众多的喜欢，又使得那个孩子更加欢快。幸福感仿佛是美妙的胖棉花糖，围着小杨绛一圈圈缠绕，直到将

① 恳亲会：字面意思为诚恳亲切的交谈会，是旧时学校邀集学生家长参加的活动，主要是相互沟通情况、展示学生作业和表演游艺节目为主。

她的生活变成一个大大的、软软的、圆满的甜。当时的杨绛还不知道，这些深藏在记忆中的美妙，将在未来的日子里，支撑她渡过一个个难关，走过一段又一段岁月。

除了在外面受欢迎，小杨绛在家里过得也一样快乐充实：放学回家，做完功课后，就可以跟在父母身旁，打发时间。因为母亲很繁忙，活动的地方也多，所以大多数时候，小杨绛都和父亲待在一起。

在杨绛的记忆里，杨荫杭除了有客人或是需要出庭辩护之外，经常待在家里，整个上午都忙着写稿子。他的书案上总有一叠竹帘纸，四边裁得很整齐，这便是他的稿纸，而那些写秃了的羊毫毛笔，大多都被杨绛捡去，闲暇时练字用了。

杨荫杭有喝茶的习惯，只要在家，每次吃过早饭，杨绛都会用盖碗给父亲泡茶，杨荫杭饭后吃的水果，都是她来剥皮，若是吃干果，她就剥壳。等中午饭吃完，孩子们都会走开，好让杨荫杭安静地午休。

一次，杨绛正要离开，却被杨荫杭叫住，对她说："其实我喜欢有人陪陪，只是别出声。"

于是后来杨荫杭午休时，她经常陪在一旁，安静地坐着看书。到了冬天，屋子里寒凉，杨荫杭的房间里会生火炉，过一会儿就要添煤，杨绛便轻轻地夹起一块，一点声音都没有，让兄弟姐妹都很羡慕。而这些寻常细节，在杨绛后来的回忆中，却显得那样栩栩如生、光芒恒久。

杨荫杭的公务非常繁忙，他在北京期间，历任京师高等审判厅厅长、京师高等检察长、司法部参事等职，一直没有离开，就连张勋复辟时，全家也只是暂时到一位英国朋友家躲避。

张勋复辟又称丁巳复辟、溥仪复辟，是张勋利用黎元洪与段祺瑞的矛盾一手策划的。1917 年 6 月 14 日，张勋以“调停”为名，率领 5000 名“辫子兵”进入北京。那一年，杨绛六岁。

在《忆孩时（五则）》中，杨绛以《张勋复辟》为题，写下当时他们全家避难的情况。

当时谣传张勋的兵专要抢劫做官人家，做官人家都逃到天津去，那天从北京到天津的火车票都买不到了。但外国人家门口有兵看守，不得主人许可，不能入门。爸爸有个外国朋友名 Bolton（波尔登），爸爸和他通电话，告诉他目前情况，问能不能到他家去避居几天。波尔登说：“快来吧，我这里已经有几批人来了。”当时我三姑母（杨荫榆）一人在校（那时已放暑假），她心上害怕，通电话问妈妈能不能也让她到波尔登家去。妈妈就请她饭后早点来，带了我先到波尔登家去。

杨绛记得很清楚，那天她穿着最漂亮的衣裳，那是一件白底红花的单衫，杨荫榆则乘着黄包车到她家，接上她先走。黄昏时，杨荫杭夫妇带着佣人、孩子还有行李，一大家子都来了。杨绛与三姐姐同睡一间小客厅，床很窄，只能睡一个人，杨绛个子小，就睡在炕几上。而一同来的小伙计阿袁是男孩，只能在走廊栏杆的木板上睡觉，不过，在木板上一动就会滚下来，根本睡不好。

在那里避难的人不少，波尔登家的伙食越来越少，到后来甚至吃不饱了。阿袁不想睡木板，于是撺掇杨绛和三姐姐一起回家。

三人偷回了家，但家里空荡荡，住着又有些怕，便想再回外国人家里去。回去路上，他们听到了枪声。

我们姊妹就跟着阿袁逃，三人都哈着腰，免得中了流弹。逃了一半，觉得四无人声，站了一会，我们就又回家了。爸爸妈妈也回家了，他们回家前，问外国人家我们姊妹哪儿去了。外国人家说，他们早已回家了。但是爸爸妈妈得知我们在张勋的兵开枪时，正在街上跑，那是最危险的时刻呀，我们姊妹正都跟着阿袁在街上跑呢……

在最危险的时刻，对生死还有些懵懂的杨绛，跟着年长五岁的三姐姐奔跑在枪声中，也许是因为无恙而归，这次经历成了童年的一次冒险。当102岁的她再度忆起时，显得平静而遥远，就像深藏在森林中的点点阳光，照进越发模糊的从前。

当时，对政治与战争并不清楚的杨绛还不知道，父亲杨荫杭因为扣押交通部总长许世英，已经站在了权力博弈的风口浪尖。

一别京师急转南

1916年，杨绛还在上三年级，杨荫杭当时是京师高等检察厅厅长，有人揭发交通部总长许世英涉嫌贪污渎职，杨荫杭当即扣押了许世英，并且不准保释，一押到底。这件事轰动京城，就连当时的国务总理段祺瑞也出面协调。杨荫杭素来以耿直强硬著称，岂能让步。最后，局势演化为杨荫杭一个人对抗整个京师官场，下场自然可想而知。杨绛在《回忆我的父亲中》写下了当时的情形。

许世英受贿被捕，在一九一七年五月。国务会议认为许世英没有犯罪的证据，反要追究检察长杨荫杭的责任；许世英宣告无罪，他随即辞去交通部总长的职务。我想，父亲专研法律，主张法治，坚持司法独立；他小小的一个检察长——至多不过是一个“中不溜”的干部，竟胆敢拘捕在职的交通部总长，不准保释，一定是掌握了充分的罪证，也一定明确自己没有逾越职权。

虽然证据充分，但这世上还有一句话叫“好虎架不住群狼”，杨荫杭输了这场战斗，被暂停职务。1919 年，他交了辞职信，不等上面批准下来，便决定带着全家启程回南方。

这个决定异常突然，所以也特别匆忙，至少在小孩子看来，忽略了父母在夜间商量的情节，也不曾参与票务购买和行李整理，这一切仿佛就是突然间发生的事。

得知要回南方时正是清早，杨绛正在家中的院子里玩耍，她来不及到学校去和同学告别，便跟着父母去了火车站。

因为震惊和失落，杨绛对那一天的印象很深。去车站的路上，杨绛遇见一个同学。她们平时的交情很一般，但想到就此可能再没机会见面，她内心惆怅不已，恨不得央求那位同学替她捎句话回去，告诉班上的同学说自己“回南了”。

告别总是如此猝不及防，也正因为这样，才更让人难过。但那时的杨绛还小，初时的无措和不舍，在上车时就被抛到了一边。

那一天，月台上人头攒动，很多人得知杨荫杭离京，都来相送，杨荫杭便站在月台上与大家话别。在杨绛眼里，为父亲送行的“有一大堆人——不是一堆，是一大片人，谁也没有那么多人送行，我觉得自己的父亲与众不同，很有自豪感。火车快开了，父亲才上车”。

火车开了，唐须嫈却因为晕车吐得很厉害，照顾孩子们和行李的任务就落在杨荫杭身上。火车到了天津，一家子在客栈住了两天，便向港口乘船到上海，一路上闹哄哄乱糟糟，搞得人困马乏，劳顿不已。因为担心走散，唐须嫈反复叮咛小孩：“上海码头乱得很，‘老小’要听话。”

到了上海，稍作休息，再换“拖船”回无锡。“拖船”是用于近途水路的船，由小火轮拖着，一次可以拖带一大串，像水上小火车一样运人运物。

离开北京前，杨荫杭夫妇便在无锡沙巷先租好了房子，一家人到了无锡便直接将东西搬到沙巷，安顿下来。此时的杨荫杭一家共有八口人，除了杨绛的二姐姐在几年前得了伤寒早亡，有大姐、三姐，还有杨绛的两个弟弟和一个妹妹。

虽然换了地方，但读书还要继续。到了无锡之后，由于杨荫杭患了伤寒，唐须嫈忙着照顾他，分身乏术，便将孩子们送到了离家最近的大王庙小学。那一年，杨绛八岁，她已经能记住大部分事情，也正因为这样，大王庙小学那段生活的记忆才变得更加多姿多彩。当它们被写入《大王庙》一文时，一股欢快的童真童趣便从笔尖、纸上扑面而来。

大王庙在沙巷巷口，最早是用来祭祀的，后来改成了学校。因为学校在庙里，便取名为大王庙小学。这里只有一间教室，四个班级大约八十个学生都在这间教室里上课。

因为杨家临时决定搬迁，在无锡落脚时正是学期中间，杨绛和两个弟弟都是插班进去的，杨绛被插在最高年级。

大王庙小学的职员只有两个人，一位校长，还有一位姓孙的老师。

孙老师是个光头，学生送外号"孙光头"，他总爱用藤教鞭打学生脑袋，除了杨家的孩子，因为他们既乖巧聪明，又是做官人家的"特殊"学生。

杨绛虽然从没被"孙光头"打过，每天却总要担心其他同学被打。班上的学生非常讨厌孙老师，甚至在"女生间"的墙上画了他的像，同学们进去后都要拜那画像。

起先杨绛以为这是对孙老师的尊敬，但女生们告诉她，这是要让孙老师倒霉。因为在"女生间"里有个马桶，大约是想让他沾些晦气。

比如国文教科书上有“子曰，父母之年，不可不知也……”“孙光头”错把“子曰”解释成“儿子说”，或是有些奇怪的发音，让杨绛觉得颇难为情。

又比如，学校里的那棵大槐树，每当太阳西斜时，树影都会从窗外投进屋里，映在东边墙上，画出一道淡淡的黑影。女生们见了那黑色，都说是鬼影，躲到外面不敢进屋，杨绛却坚持说那不是鬼影，只不过是树的影子。当然，没人相信她，更没人敢上前听她细说。

小杨绛也不多言，行动派的她为了证明这件事，当着女生的面，故意用脚去踢黑影，黑影当然没有还击，也没有躲闪，倒是女生们被吓得不轻，竟胡猜一气，以为小杨绛也是鬼，所以屋子里的鬼才不伤她。

对小孩子来说，记忆中最有趣也最清晰的，还是欢乐的游戏时间。

我和女伴玩“官、打、捉、贼”（北京称为“官、打、巡、美”），我拈阄拈得“贼”，拔脚就跑。女伴以为我疯了，拉住我问我干什么。

我急得说：“我是贼呀！”

“嗨，快别响啊！是贼，怎么嚷出来呢？”

我这个笨“贼”急得直要挣脱身。我说：“我是贼呀！

得逃啊！”

她们只好耐心教我：“是贼，就悄悄儿坐着，别让人看出来。”

又有人说：“你要给人捉出来，就得挨打了。”

在小杨绛的游戏观念里，是贼就要跑，越快越好，以免被捉住。但女同学都对她说，女孩子不能跑那么快，追追逃逃那都是男孩子干的事，女孩子应该安稳地晒晒太阳，或者在“女生间”里踢毽子。

但杨绛只会跳绳和拍皮球，不会踢毽子，更不喜欢闷在窄小的“女生间”里玩耍。从小自由惯了的她，更习惯像个男孩子一样尽情玩耍。

即使是这样一个小细节，也展示了小杨绛与同龄女孩的差别。她身边的女同学，大都活在旧式的家庭观念下，认为女孩子不能淘气，哪怕是天真无邪的年纪，也要在行事时淑雅端庄。虽说不至于严格到笑不露齿，但若是能做到这一点，当然更好。

杨绛则不同，她是见过世面的，这些世面，并不是“做官家孩子”的特权见识，而是生于杨家，从小接受的新派思想，让小杨绛赢在了起跑线上。她与她们是一样的小女孩，却拥有更多自由、更多欢乐，更多难忘的精彩回忆。那些精彩勾勒着生活的模样，也滋润着杨绛年幼的心灵，守护着她的成长。

沙巷新居的祸事

杨绛在大王庙小学读了大半个学期，那段时间家里发生了一桩大事——父亲杨荫杭染了重伤寒。

刚搬到沙巷时，杨绛对什么都充满好奇，很快就将新居里外看了个遍。与北京干燥的平原地区不同，无锡水多，杨绛印象最深的是，有一条河水直接从她家的院子里流过，将厨房和院子后门隔开。这条河不窄，为了方便通行，河上还有座木桥。这让杨绛觉得很新鲜，因为她不用出家门，站在桥上就能看到河上来往的船只，这是在北京时从没有过的体验。

不过，这间宅子杨荫杭夫妇并不满意。据说之前租住过的好几个住户都染了伤寒。按照现代医学的观念，出现这种情况，很可能是因为河水有问题。

这条河里有很多虾，杨绛一家人都喜欢吃“炝虾”。这“炝虾”并不用火，而是和醉虾类似，将活虾洗净，直接放入碗中，加葱、酱油和少量白酒，盖上盖子腌一段时间就能吃。由于没经过加热，吃的时候有些虾还是活的，不过口感鲜嫩爽滑，让人吃了上瘾。但是，那天小杨绛没有吃，连尝也不敢尝，因为那些虾还在碗里跳动。

不知是因为生吃了河虾，还是因为水土原因，除了杨绛，大家全病倒了，病得最重的是杨荫杭。因为早年留学国外，他根本不信中医，唐须嫈便请来当时无锡唯一的西医。这名西医是个外国人，来过两次，每次就抽点血取些大便，再送到上海化验，光等结果就要一个星期。这样折腾了几个星期，杨荫杭的病情越发严重。他发起高烧，烧到神志不清，后来，那位西医综合检查结果，诊断杨荫杭患了伤寒。但在一周前，唐须嫈就已经自作主张，请来了当地一名中医，那中医一把脉，就断定这是伤寒症。

那个年代，伤寒是非常可怕的病症，杨绛的二姐姐便死于伤寒。这次杨荫杭又得了同样的病，家里顿时愁云笼罩。

杨荫杭的病来势凶猛，几近病危，当地的医生都表示为难，一位名医甚至拒绝给杨荫杭开药。医生不肯开药，与“家属准备后事”是一个意思：病人已经没指望了。到这个地步，大家连“叫魂”的办法都试过了，却毫无效果。

在《回忆我的父亲》中，杨绛记下了这次紧急情况。

我记得有一夜已经很晚了，家里好像将出大事，大家都不睡，各屋都亮着灯，许多亲友来来往往，前来探望的人都摇头叹喟："唉，要紧人呀！"

在无锡话中，"要紧人"是养家人、顶梁柱的意思，当时杨荫杭肩上的责任不单有自家的八个人，身在老家的母亲、大哥和三弟留下的两家家眷，都要指望他一个人。

后来，杨绛回忆起这段往事，也道出了自己当时绝望的心情。

> 我常想，假如我父亲竟一病不起，我如有亲戚哀怜，照应我读几年书，也许可以做个小学教员。不然，我大概只好去做女工，无锡多的是工厂。

父亲的病重，让懂事的杨绛不得不过早地考虑如何自己生存下去，而杨绛的母亲唐须婺却无论如何不愿放弃治疗。当杨荫杭的老友华实甫来探望时，唐须婺央求他无论如何要想想办法。华实甫在当地也是一位有名的中医，唐须婺请他"死马当作活马医"，给杨荫杭开些药吃。

华实甫不忍心拒绝，给杨荫杭开了药方。当时，杨荫杭已经烧得糊里糊涂，唐须婺便将中药装成是西药，给他吃下去，总算是将体温降了下来。为了给杨荫杭补身子，唐须婺甚至翻出陪嫁时的珍珠，打磨成粉末，再装进胶囊里让杨荫杭服下。

就这样，奇迹发生了：杨荫杭在唐须荌的精心照顾下，终于慢慢好转。亲友和医生都觉得这是奇迹，众人都称赞华实甫的医术，西医则认为是杨荫杭的身体素质较好，所以能撑过“转换期”。

但杨绛在后来回忆起这些事时却说：“无论中医西医，都归功于我母亲的护理。那年的除夕，我父亲病骨支离，勉强能下床行走几步。他一手扶杖，一手按着我的头，慢慢儿走到家人团坐的饭桌边。椅里垫上一条厚被，父亲象征性地和我们同吃了年夜饭。”

杨荫杭身体痊愈后，考虑到卫生等原因，打算搬家，换一套房子租住。按照当地一位亲友的介绍，杨荫杭和唐须荌带着杨绛，一起到流芳声巷去看房子。

那是朱家的老屋，当时正被钱钟书家租住着。这次命运的巧合，并没有让终会相见的杨绛与钱钟书相遇。后来，杨绛曾向钱钟书说起过这件事。

我记不起那次看见了什么样的房子或遇见了什么人，只记得门口下车的地方很空旷，有两棵大树；很高的白粉墙，粉墙高处有一个个砌着镂空花的方窗洞。钟书说我记忆不错，还补充说，门前有个大照墙，照墙后有一条河从门前流过。

很快，杨家便搬离沙巷的房子，开始了新的生活。

杨荫杭闯过伤寒一劫，家里重又恢复了平静和美，杨绛也不需要考虑将来到底是要寻求亲戚的救济继续读书，还是想办法挣钱养活自己，她又过回父慈母欢的幸福生活。但经过这件事，父母之间对彼此的依赖和扶持，却给杨绛留下深刻印象，影响了她整整一生。

和当时的长辈一样，杨绛的父母也不会在子女面前表现得特别亲昵，但许多细节还是能折射他们彼此的恩爱。

杨荫杭当年在日本留学时，听说妻子即将临产，不辞辛苦请假回国。他的日期算得很准，刚回到老家的第二天，大女儿寿康便出生了。但因为假期较短，大部分的时间又都花在了来回路上，杨荫杭在家里留了一星期便回日本去了。

对一个女子来说，初次生产是人生中最重要的经历之一。杨荫杭对她的柔情不曾言说，却用几千里的风尘仆仆换取一次短暂的陪伴，用心煞是感人。哪怕时隔多年再回忆起来，唐须嫈仍然认为，那是她生平中最幸福的事。

在杨绛回忆里，母亲有一本大字抄本的《石头记》，那是父亲专门买来的。唐须嫈喜欢旧体小说，但白天里儿女成群，家务繁多，只有到了晚上才有空翻看。灯光自然没有白天的日光明亮，杨荫杭怕她看坏了眼睛，特地送这本书给她。唐须嫈很高兴，将这本书放在枕边，每晚睡前都会翻看一会儿，哪怕读过再多遍也不觉腻烦。

好的情感，是“看到美好的事物，便希望能赠予对方”，杨荫杭便是如此。唐须嫈有一对珍珠耳环，那两颗珍珠很大，自成一对，浑圆亮泽。用来做耳环的珍珠，是杨荫杭的意外收获，那次，他偶然经过一家珠宝店，看到了这对珍珠，它们摆在显眼的位置上，价格不菲。虽然明知妻子会埋怨他乱花钱，但杨荫杭还是买下了珍珠，给唐须嫈镶成耳环。在杨绛的回忆里，那对耳环非常漂亮，也算是母亲少有的珍贵首饰。

唐须嫈用自己的坚强和守护，将杨荫杭从死亡线上拉了回来，而杨荫杭则对她报以万般柔情。这并非是感情上的相互报答，而是被生活和命运指引，相守相伴的两人对彼此最好的馈赠。他们送给彼此的，是生命中最好的时光，带给儿女的，是幼时美满和睦的家庭，以及日后行走世界的底气。彼时的小杨绛，安心享受着家中的温暖，她还不知道，很快她就要走上真正的求学道路，在命运的十字路口，遇见属于自己的人生。

第三章

从启明到振华，开启读书之旅

最好的教育

对子女来说，最好的教育来源于父母；而作为父母，最希望的便是子女接受良好的教育。

杨荫杭重病刚刚脱险，还在养病时，便开始考虑杨绛的上学问题，他嫌大王庙小学不好，决定将杨绛送到上海启明中学读书。

1920年，杨绛和三姐姐跟随在启明教书的大姐一起，到上海启明女校寄宿读书。很快，杨荫杭痊愈，恢复了工作。而杨绛在启明读书期间，最小的妹妹杨必出生了。

对于在启明上学的经历：杨绛记忆颇深，那是她第一次离开家，离开父母，进入一个小社会。当年迈出家门的决心，以及各种滋味，都被她后来写入《我在启明上学》一文中。她将自己离家时的憧憬与不舍，以及来到新环境后的好奇与适应，用委婉温馨的方式传达出来。

我十岁，自以为是大人了。其实，我实足年龄是八岁半。那是一九二〇年的二月间。我大姐姐打算等到春季开学，带我三姐到上海启明去上学。大姐姐也愿意带我。那时候我家在无锡，爸爸重病刚脱险，还在病中。

我爸爸向来认为启明教学好，管束严，能为学生打好中文、外文基础，所以我的二姑妈、堂姐、大姐、二姐都是爸爸送往启明上学的。一九二〇年二月间，还在寒假期内，我大姐早已毕业，在教书了。我大姐大我十二岁，三姐大我五岁。（大我八岁的二姐是三年前在启明上学时期得病去世的。）妈妈心上放不下我，我却又不肯再回大王庙小学，所以妈妈让我自己做主。

妈妈特地为我找出一只小箱子。晚饭后，妈妈说："阿季，你的箱子有了。来拿。”无锡人家那个年代还没有电灯，都点洋油灯。妈妈叫我去领箱子的房间里，连洋油灯也没有，只有旁边屋间透过来的一星光亮。

妈妈再次问我：“你打定主意了？”

我说：“打定了。”

“你是愿意去？”

“嗯，我愿意去。”我嘴里说，眼泪簌簌地直流，流得满面是泪。幸好在那间昏暗的屋里，我没让妈妈看见。我以前从不悄悄流泪，只会哇哇地哭。这回到上海去上学，就得离开妈妈了。而且这一去，要到暑假才能回家。

我自己整理了小箱子。临走，妈妈给我一枚崭新的银元。我从未有过属于我个人的钱，平时只问妈妈要几个铜板买东西。这枚银元是临走妈妈给的，带着妈妈的心意呢。我把银元藏在贴身衬衣的左边口袋里。大姐给我一块细麻纱手绢儿，上面有一圈红花，很美。我舍不得用，叠成一小方，和银元藏在一起做伴儿。这个左口袋是我的宝库，右口袋随便使用。每次换衬衣，我总留心把这两件宝贝带在贴身。直到天气转暖穿单衣的时候，才把那枚银元交大姐收藏，已被我捂得又暖又亮了。花手绢曾应急擦过眼泪，成了家常用品。

启明女校原先称“女塾”，是有名的洋学堂。我一到启明，觉得这学校好神气呀，心里不断地向大王庙小学里的女伴们卖弄：“我们的一间‘英文课堂’（习外语学生的自修室）比整个大王庙小学还大！我们教室前的长走廊好长啊，从东头到西头要经过十几间教室呢！长廊是花瓷砖铺成的。长廊下面是个大花园。教室后面有好大一片空地，有大树，有草地，环抱着这片空地，还有一条很宽的长走廊，直通到‘雨中操场’（也称‘大操场’，因为很大）。空地上还有秋千架，还有跷跷板……我们白天在楼下上课，晚上在楼上睡觉，二层楼上还有三层……”可是不久我便融入我的新世界，把大王庙抛在九霄云外了。我的新世界什么都新奇，用的语言更是奇怪。刚开学，老学生回校了，只听得一片声的“望望姆姆”。这就等于说：“姆姆，您好！”（修女称“姆姆”）管教我们的都是修女。学校每月放假一天，住在本地的学生可由家人接回家去。这个假日称为“月头礼拜”。其余的每个星期日，我们穿上校服，戴上校徽，排成一队一队，各由姆姆带领，到郊野或私家花园游玩。这叫作“跑路”。学绘画得另交学费，学的是油画、炭画、水彩画，由受过专门教育的姆姆教。而绘画叫作“描花”。弹钢琴也土里土气地叫作“掐琴”。每次吃完早饭、午饭、点心、晚饭之后，学生不准留在课堂里，都得在教室楼前或楼后各处游玩散步，这叫“散心”。吃饭不准说话；如逢节日，吃饭时准许说话，叫作“散心吃饭”。孩子不乖叫作“没志气”，淘气的小孩称“小鬼”或“小魔鬼”。自修时要上厕所，先得“问准许”。自修室的教台上有姆姆监守。“问准许”就是向监守的姆姆说一声“小间去”或“去一去”，姆姆点头，我们才许出去。但监守的姆姆往往是外国姆姆，她自己在看书呢，往往眼睛也不抬就点头了。我有时“问准许”小声说：“我出去玩玩”，姆姆也点头。那“小间去”或“去一去”，往往是溜出去玩的借口。只要避免几个人同时“问准许”，互相错开些，几个小魔鬼就可以在后面大院里偷玩……

在这段摘录中，详细地讲述了启明中学的校园生活，虽然小杨绛跟两个姐姐在同一所学校，但姐姐们都很忙，刚离开家的小杨绛若想习惯寄宿生活，要从生活自理开始。

她开始自己穿衣、洗漱、梳辫子，手绢和袜子也要自己洗，每天最难的任务则是铺床。为了防蚊虫，每张床上都配有帐子。铺床前，要先把帐子整理好，向上撩起，搭到床顶上，之后再铺床。

杨绛的个子比较矮，搭帐子时，只得搬着凳子从床头到床尾，一点一点弄。等帐子搭整齐了，床也要认真铺。每天早上，她都绕着床走好几圈，两边检查，一定要把垂下的床单调整到一样宽窄才算满意。

不过，小杨绛并不是一个乖乖女或是书呆子。她天性活泼，又淘气，按照启明的习惯，她这样的小孩都被称为“小鬼”。

刚到启明时，小杨绛谁也不认识，她最怕每天吃完饭的自由活动时间，因为大家都有自己的玩伴，只有她一个人孤零零的不知该做什么。但很快，她便有了朋友，两人时常一起玩耍，杨绛甚至还学会了用两条腿盘着秋千绳子，像灵巧的小猴一样爬到秋千顶上。

一次英文课上，杨绛和其他同学私底下悄悄说话，惹怒了授课的姆姆，结果杨绛被罚“站壁角”。两个人说话，却只罚她自己面壁，杨绛觉得很窝火，当场大哭起来。姆姆见她哭起来，便让她回座位去，但小杨绛哭得正伤心，根本停不下来，最后还是校长礼姆姆来哄她，帮她擦眼泪，这才勉强止住哭泣。

进入启明后不久，小杨绛便适应了住宿生活，很快便以优异的成绩升了班，又因为聪慧可爱，很受姆姆们的宠爱。其中一位教体操的老师特别喜欢她，经常让她在全班面前做示范，还亲昵地称她为“baby”。

姆姆们的喜爱，一定程度上缓解了小杨绛对父母的思念，也让她能更快地适应了新的生活，从此步入更为广阔的天地。

一次探望与转学

杨绛在启明女校一共生活了三年多。开学几个月后，杨荫杭应邀到上海，为申报报馆主笔。姐姐们曾带她同去探望父亲，也许是因为与父亲相见的“幸福来得太过突然”，杨绛对这件事印象很深。

按照启明的规定，每月的第一个星期日，住在本市的学生可以放假回家，学校里大部分的孩子都在上海本地。每次看着她们被家人接走，小杨绛总是很想家。虽然饭堂的姆姆会把平时没吃完的糖分给留校的孩子们，但水果糖并不能驱赶心里的寂寞，只有等其他同学回到学校，这种难过才算告一段落。

开学几个月后，有一天，杨绛的大姐姐忽然要带她和三姐去个地方。出发前，她还特意把杨绛的袖子和裤子拉了几下，直到看起来特别整齐才停手。

从大姐的表现里，杨绛感觉到郑重的意味，她乖巧地跟着两个姐姐穿过长廊，上学后第一次出了校门，又乘电车，下车后再走一段路，终于到了目的地。

大姐姐对杨绛说："这里是申报馆，我们是去看爸爸！"

对杨绛来说，这是从天而降的惊喜。进报馆见了杨荫杭，杨绛便坐在离他最近的藤椅里，静静地听着父亲和姐姐们聊天。后来快到吃饭时间，杨荫杭便带三个女儿去"吃大菜"。

当时所谓的大菜，便是西餐。在那之前，杨绛从没吃过西餐，心里很怕自己不会用刀叉而出丑。知女莫如父，父亲看出小杨绛的心思，只道："你坐在爸爸对面，看爸爸怎么吃，你就怎么吃。"杨绛这才勉强安下心来。

青年会就在附近，父女四人步行前往，路上，杨绛紧握着父亲的两个手指头，一刻也不放。杨荫杭那天穿着长衫，直到后来杨绛还清楚地回忆起，她的小手被父亲的袖管盖着，感觉很安稳。

到了青年会的西餐室，他们选了靠窗的位置坐下。杨绛背对着窗子，杨荫杭则正对窗，两人坐对面，大姐姐和三姐姐坐在横头两边。

杨绛没用过刀叉，只好照猫画虎一般，学着父亲的样子小心吃。可是，万般小心之下，却还是出了问题。她一板一眼地学着父亲的动作，却不懂得西式的用餐习惯，与中式汤羹贯穿整餐不同，西餐的汤是餐前汤，要一口气喝完，之后再换下一道菜。小杨绛坐在桌前喝一点停一下，身边伺候的侍者见她停下，便伸手想撤她手边的汤，结果她又开始喝了，侍者只好又收回手，这样来回好几次。杨荫杭见状，低声告诉杨绛："吃不下的汤，可以剩下。"

于是，回去的路上，杨绛和汤就成了父亲和两个姐姐的话题。因为是第一次吃西餐，杨荫杭问杨绛，觉得哪道菜最好吃，但吃饭时杨绛想着怎么拿刀叉，东西吃到嘴里根本来不及回味，只是下意识地觉得味道都有点奇怪，和平时吃的东西大不一样。认真回味一下，似乎只有冰激凌很好吃。

得出这样的结论似乎也很合情理。据说，杨绛刚出生时，家人就拿冰激凌凑到她嘴边，她舔了几口，嘴唇就变得绛紫绛紫的。也许最初对冰激凌滋味的体验，早已在不经意间，深深刻在她的潜意识里。

父女四人又散步回到申报馆。因为时间还早，杨荫杭便带着三个女儿到屋顶的花园去坐了一会儿，聊了些平常事，杨绛便就被姐姐带着回了学校。

在启明的岁月，杨绛一直很难忘，后来也经常对钱钟书说。钱钟书也说有趣，劝她将这段经历写下来。但直到 91

岁时，杨绛才动笔写下《我在启明上学》。从她的文字中，读者充分地体会着她的童真和快乐。

不过，因为大姐寿康先是在启明读书，后来又留校做老师，受教会影响，很想做一名修女，杨荫杭担心杨绛在启明学久了也会和大姐一样。于是依照杨荫榆的提议，将杨绛转到振华女校去了。

振华女校在苏州，校舍简陋，看上去很破败。杨绛感到很失望，她甚至说："由上海启明转学入振华，就好比女师大附小转入了大王庙！"

那时杨绛已经到了中学生的年纪，身材却矮小得很，坐在教室里，就像一个进错教室的小学生，性格也显得更幼稚活泼些，经常在课上淘气。

国文课上，她私底下拨弄古琴，居然不小心弹出了声音。振华的校长王季玉耳朵不大好，便在耳朵里插根管，用来助听，杨绛觉得好玩，就在自己耳朵里插个铅笔套，王季玉见了又气又好笑，叫她傻瓜。

虽然嘴上这样说，但王季玉非常喜欢杨绛，夸她聪明，甚至还会从家里带菜来分给杨绛吃。因为启明和振华的授课进度不同，杨绛各科目的程度参差不齐，只能换班次听讲。为了方便，这位校长总是不断调整课程表，让杨绛的时间能穿插开。

在振华的第一学期，杨绛似乎还没有适应，期末考试时国文才考了 60 分，离及格线还差了 5 分。但杨荫杭不以为意，他采取孔子的教育理论，认为对孩子要顺其自然，“大叩则大鸣，小叩则小鸣”，而且，女孩子身子比男孩弱，太用功会伤身。杨绛考了不及格，他还劝杨绛说，他自己的同学里就有每天抱着书本死读的人，考试的时候考 100 分，但生活里却是个低能儿。

到下个学期，杨绛懂事了很多，从之前的贪玩，变得贪书，无论是诗词小说还是名著，她都会找来读，不分中外，流行的国内散文和小说也全都读过，后来又迷上了李煜的词，杨荫杭还笑她“喜欢辞章之学”。而杨荫杭自己则喜欢杜诗，每过一段时间都会重新读一遍，虽然杜甫和李煜的作品风格迥异，但杨绛对诗词的爱好，还是与杨荫杭的潜移默化息息相关。

杨绛对读书的热爱，杨荫杭非常赞赏。如果她提到想看哪本书，杨荫杭就会把书放在她桌上，有时是新买，有时是在书架上寻找。若是平时不常看的书，还要搬出扶梯，爬到书架顶层去找。但如果那本书杨绛一直没读，它就会不见了，那是父亲对她的惩罚和谴责。不过，杨荫杭为杨绛准备的书很多都是辞章小说，杨绛很喜欢读，也很少会被“没收”书籍。

不仅小的时候，后来的杨绛，一生都将读书当作爱好，她曾将读书比作登门拜访——“要参见钦佩的老师或拜谒有名的学者，不必事前打招呼求见，也不怕搅扰主人。翻开书面就闯进大门，翻过几页就升堂入室，而且可以经常去，时刻去，如果不得要领，还可以不辞而别，或者另找高明，和他对质。”

上到高中，杨绛对音韵基础的平声和仄声还分不清，素来钟爱音韵学的杨荫杭却也不急，还安慰道：“不要紧，到时候自然会懂。”后来，杨绛四声都能分辨了，考试时国文老师曾命学生作诗，杨绛更是在考试卷上写了两首五古。

斋居书怀

其一：

松风响飕飕，岑寂苦影独。破闷读古书，胸襟何卓荦。
有时苦拘束，徘徊清涧曲。俯视溪中鱼，相彼鸟饮啄。

其二：

世人皆为利，扰扰如逐鹿。安得敖游此，翛然自脱俗。
染丝泣扬朱，潸焉泪盈掬。今日有所怀，书此愁万斛。

出题的孙伯南先生阅卷时，批下“仙童好静”四字，所谓“仙童”，多是古时跟随道士大师修仙的童子，由于常年隐居生活，会比同龄的孩子更爱安静之所，性格也更为沉静。先生从杨绛稍显稚嫩的诗作中，看出她对这种生活的向往，也一语道出杨绛的性格本质。

也许当时的杨绛未必能懂得这条评语，但在振华读书的岁月里，她渐渐长大，从一个活泼好动的“假小子”蜕变为亭亭少女，变得沉静、睿智、有主见。

彼时的杨绛，年纪虽然不大，但她的主见却并非一般年轻人的莽撞，而是敏锐有据、以理服人的。比如国文课时，马先生讲“白马，非马也”，她便在下面反驳道：“不通，就是不通，假如我说‘马先生，非人也’，行吗？”这个精妙的例子惹得大家哄笑起来。

因为不再像小时候那样贪玩，后来杨绛的成绩非常好，她的物理作业被很多同学“借鉴”。英文课预习时，其他同学都要查字典标生词，她只要看看书就可以了。

除了学习，杨绛在高中时还做过部长，担任过英文会长、演讲会长，甚至还做过学生自治会的会计，也就是专管收钱的“财政部长”。她并不觉得麻烦，也没有想过做这些事能给她带来什么利益，她只是单纯地希望自己能更好、更全面地成长，也正是这样的心态和坚持不懈的努力，让她在多年后成长为我们所知的杨绛。

苏州——暖暖的新家

杨绛在启明读书时，杨荫杭在上海除了为申报主笔，同时还做回了自己的本行——律师。因为在他的观念里，这世上能做的只有两种职业：医生和律师，他没有能力行医，只能去做律师。但是，医生救死扶伤，律师却要涉及政治，在低迷的大环境里，一名律师想要依法辩护伸张正义，很可能要冒生命危险。考虑到上海的社会成分太复杂，杨荫杭决定迁往苏州，而杨绛也在这段时间从启明转入了振华。

那个年代的许多人，骨子里都带着一种留恋故园土地的情结，和古代人相似。人们不喜欢搬迁，更不愿租房居住，他们更愿意守着自己的田产家宅，代代相传，而对房宅和土地的热爱与依赖，驱使着有钱人家不断置办田宅，扩大家业。

但杨荫杭的思想却是进步的，他向来反对购置家产，所以在无锡时也一直是租住为生。他还有一套很贴近现代的原则：对自己而言，过大的家产经营起来耗时耗力，难免会沦为“房奴地奴”；对子女而言则是大祸患，背靠着庞大的家产，晚辈就会产生怠惰之心，不思进取，最终坐吃山空，成为寄生的废物。关于这件事，杨荫杭也曾对杨绛等几个子女表明过：“我的子女没有遗产，我只教育他们能够自立。”

可是，和在无锡、上海时的情况不同，想开展律师业务需要有事务所，最基本的要求就是要有固定的地址。于是，杨荫杭很快买下一套房子，作为居住和办公之所。

这套房子名为“安徐堂”，建于明朝，院子很大，但因为年久失修，房子都快塌掉了。建筑中，有一间高大的厅堂，已经破旧得不像样子，但当地人都说，这个厅堂很有名，它还有个特别的名字——“一文厅”。

相传建造“一文厅”的钱是众人募集而得，一人一文，所以有了这样的名字。至于为何要募集资金建这厅堂，就要说回明朝时期了。

宦官魏忠贤得势期间，朝政昏暗，百姓遭殃，这时有人上奏，称“五城造反”，苏州城也是其中之一。眼看大难当头，一场抓捕和屠杀无可避免，一位“徐大老爷”却把“五城”改为“五人”，范围和影响瞬间降低，苏州百姓得救了。于是，苏州城的人自发筹钱，建造了“一文厅”，以感谢这位“徐大老爷”。

但所有的风光都只在当年，经历了几百年的风雨，这座宅院现在已经没人居住。杨荫杭对这个传说似乎颇为满意，他用做律师挣到的钱找人来修葺，先选了一套保存较好的房子重点修理，之后一家人便住下来，对整个宅子进行整修。

因为周围的破房子还没来得及拆，院子里又许久没人打扫，非常潮湿，早已成了鼻涕虫和蜘蛛的乐园，随便哪块砖头下面都能看到它们。清理虫子这种简单而任务量巨大的工作，被杨荫杭交给孩子们去做。为了培养他们自食其力的观念，他将清理工作变成了有偿悬赏，鼻涕虫值一个铜板，大蜘蛛值三个铜板，小蜘蛛要三个才能得一个铜板。于是，孩子们开始了捉害虫运动，很快就将院子里的虫子清理得一干二净。

面对这种情况，唐须嫈不免向丈夫“抱怨”起来：“不好了，你把‘老小’都教育得唯利是图了。”但作为母亲，她也有自己独特的方式限制孩子们，就是让他们把钱全都存在她那里，需要的时候再支取。毕竟，孩子们无须持家采购，很多时候钱揣在口袋里也没有用处。不过很多时候，这种账总会被双方忘记，和压岁钱一样，慢慢地都不知花到哪里去了。

和启明的寄宿制不同，振华女校允许学生走读。于是每个周末，杨绛都会回家，和家人相处的时间多了起来。同时，随着她年龄渐长，对身边事物的感知也越发敏感，能记住的事也比儿时更多更复杂，所以那段时间，是杨绛关于家庭的回忆中最美好也最完整的时期。

一次杨绛回家，看到弟弟妹妹正在热火朝天地捉虫子"赚钱"，就连因病休学的三姐姐也跟着忙前忙后地参与。在杨绛看来，这并不是在灌输劳动最光荣的思想，而是和美式的劳动教育一样，是在鼓励孩子自己挣钱。

杨绛对赚钱不太感兴趣，她很清楚父亲对这种事的态度。还记得有一次，杨荫杭带着孩子们去探望一位朋友，当大姐在回来后，不断称赞那家里的地毯厚实、沙发柔软时，杨荫杭却感叹一句："生活程度不能太高的。"

杨绛也一直记得父亲常说的话。

假如我们对某一件东西非常艳羡，父亲常常也只说一句话："世界上的好东西多着呢……"意思是：得你自己去争取。也许这又是一项"劳动教育"，可是我觉得更像鼓吹"个人奋斗"。我私下的反应是："天下的好东西多着呢，你能样样都有吗？"

正因为明白无法样样东西都拥有，也明白山外有山，好的东西永远层出不穷，所以，杨绛对身外之物的渴望向来淡漠，更不会因得不到就长吁短叹。待到年纪增长，她也能优雅从容地将名利放在第二位，而将自己生活的质量和乐趣，作为人生的重中之重。

杨家在“安徐堂”住下后，慢慢将外围破旧的小屋拆掉，空出的土地并入后园，种下许多花草和树木，成了大人的休闲区、孩子们的游乐场。

夏日，可以坐在浓密的树荫下乘凉，到了夜里，抬头便能看到满天星辰，一家人聚在一起说笑着，时间仿佛也过得很慢很慢，迟迟不愿离去。

那确实是记忆中最美好的夏日：正值青春的杨绛，远离政治，生存在校园这样一个净化过的小社会中，完全不知愁字背后的体味。在她后来的回忆中，也毫不吝惜地追念这段往昔：“在庙堂巷，父母姊妹兄弟在一起，生活非常悠闲、清静、丰富、温馨。庙堂巷的岁月，是我一生最回味无穷的日子。”

那段时间杨绛正在学着辨识平仄声，杨荫杭会在忙完工作的晚间走到杨绛窗前，敲敲窗户，突然说出一个字，考杨绛是四声中的哪一个。若杨绛答对，他便高兴起来，笑得像个孩子；若是答错，他也还是笑，却不是嘲笑，而是充满善意和无所谓的开怀笑声，让整个夜晚都跟着爽朗起来。

杨绛的印象中，这是全家最为和美的时期，也许恰因她能留意和记住更多事情和细节，才让这段回忆更为完整美满。随着年增岁长，很快她就要离开家，步入自己的人生轨道，而这份关于家庭的温暖回忆，将伴随她漫长的一生，沉淀成岁月中一抹难忘的色彩。

坚持立场与上报纸

定居苏州，与杨绛进振华女校读中学，发生在同一个时期，那时的杨绛大约 16 岁，正是思想逐渐成熟的年纪；那段时间里发生在杨绛身边的事，也不再简单地是搬家、游玩、吃喝，而是关乎选择和决断的“要紧事”。

在振华女校读书期间，正值北伐战争，各地的学生运动很多，代表着先进思想的学生常常要参加游行，或是召开群众大会等活动。

一次，学生会要求各校学生上街游行，进行宣传。宣传的方式也很直接，就是一人一只小板凳，踩到上面，对着过路的群众大声演讲，呼吁团结革命。

杨绛当时是学校的先进分子，是学生中的“管理层”，自然也被推选去参加宣传。但是这一次，杨绛从心底不想参加。并不是因为杨绛思想落后，也不是因为惧怕抛头露面，而是因为“当时苏州风气闭塞，街上的轻薄人很会欺负女孩子”，一个女孩子踩在板凳上，高出众人一头多，若是被众人围住，免不了要吃些亏。

好在当时的学校有一条规定，只要说家里不赞成，就可以得到豁免，避开所有的开会、游行、出任代表等活动。毕竟，振华是女校，很多家庭虽然将女孩子送出来读书，但还是希望她们尽量减少抛头露面的机会。所以周末回家时，杨绛便向父亲提起这件事，问他可不可以对学校说“家里不赞成”。

没想到，杨荫杭直接拒绝了，还对杨绛说：“你不肯，就别去，不用借爸爸来挡。”

见杨荫杭不同意，杨绛便发愁地说：“不行啊，少数得服从多数呀。”

也许是多年与法律打交道的原因，杨荫杭对杨绛说的话既有条理又生硬：“该服从的就服从；你有理，也可以说。去不去由你。”

为了让杨绛鼓起勇气，自主地拒绝这件事，杨荫杭还特意讲起了他自己的一段经历。

当初，也就是杨绛出生前后，杨荫杭还是江苏省高等审判厅厅长，那个后来闹了复辟的张勋，不知是打败了哪个军阀，胜利入京。听到这个消息，江苏当地的绅士联名登报，以示欢迎和拥戴，考虑到杨荫杭的地位和这个地位带来的政治影响力，他的属下先斩后奏，擅自把杨荫杭的名字也列入名单中。

这名属下虽然知道杨荫杭一贯的作风，但却在心里侥幸地以为，只要名单登在报上，便是既成事实，杨荫杭就算不愿意，也只能作罢。却没想到杨荫杭以“名器不可以假人”为理由，马上在报纸上又登出一条大字启事，说明自己并没有欢迎的意思。如此“不通世故”的人，官场上也许真的很少见吧！

讲完自己的故事，见杨绛还是一脸不情愿，杨荫杭又问：“你知道林肯说的一句话吗？Dare to say no！你敢吗？”

“敢！”杨绛只好苦着脸答道。

第二天，杨绛回到学校，直接拒绝了推选她的安排。她自然不好言明原因，只是坚持说“我不赞成，我不去”，因为没有理由，杨绛的这个行为自然被说成是“岂有此理”。

可是，那次宣传的结果，用事实证明了杨绛之前的担心。在女同学上街演讲时，确实遇到心怀鬼胎的军人，还非礼了她们。而杨绛开始的无理反对，也变成了有道理的先见之明。

在振华读书期间，还发生了一件让杨绛大窘，却也让她上了报纸的大事。这段往事后来被杨绛写成名为《“看”章太炎先生谈掌故》的散文。

大约是一九二六年，我上高中一二年级的暑假期间，我校教务长王佩诤先生办了一个“平旦学社”，每星期邀请名人讲学。对章太炎先生谈掌故一事，至今记忆犹新。

王佩诤先生事先吩咐我说：“季康，你做记录啊。”我以为做记录就是做笔记。听大学者讲学，当然得做笔记，我一口答应。

会场是苏州青年会大礼堂。会场已座无虚席，沿墙和座间添置的板凳上挨挨挤挤坐满了人。我看见一处人头稍稀，正待挤去，忽有办事人员招呼我，叫我上台。我的座位在台上。

章太炎先生正站在台上谈他的掌故。我没想到做记录要上台，有点胆怯，尤其是迟到了不好意思。我上台坐在记录席上，章太炎先生诧异地看了我一眼，又继续讲他的掌故。我看见自己的小桌子上有砚台，有一叠毛边纸，一支毛笔。

章太炎先生谈掌故，不知是什么时候，也不知谈的是何人何事。别说他那一口杭州官话我听不懂，即使他说的是我家乡话，我也一句不懂。掌故岂是人人能懂的！国文课上老师讲课文上的典故，我若能好好听，就够我学习的了。上课不好好听讲，倒赶来听章太炎先生谈掌故！真是典型的名人崇拜，也该说是无识学子的势利眼吧。

我拿起笔又放下。听不懂，怎么记？坐在记录席上不会记，怎么办？假装着乱写吧，交卷时怎么交代？况且乱写写也得写得很快才像。冒充张天师画符吧，我又从没画过符。连连地画圈圈、竖杠杠，难免给台下人识破。罢了，还是老老实实吧。我放下笔，干脆不记，且悉心听讲。

我专心一意地听，还是一句不懂。我只好光睁着眼睛看章太炎先生谈——使劲地看，恨不得一眼把他讲的话都看到眼里，这样把他的掌故记住。

我挨章太炎先生最近。看，倒是看得仔细，也许可说，全场唯我看得最清楚。

他个子小小的，穿一件半旧的藕色绸长衫，狭长脸儿。脸色苍白，戴一副老式眼镜，据说一个人的全神注视会使对方发痒，大概我的全神注视使他脸上痒痒了。他一面讲，一面频频转脸看我。我当时十五六岁，少女打扮，梳一条又粗又短的辫子，穿件淡湖色纱衫，白夏布长裤，白鞋白袜。这么一个十足的中学生，高高地坐在记录席上，呆呆地一字不记，确是个怪东西。

可是我只能那么傻坐着，假装听讲。我只敢看章太炎先生，不敢向下看。台下的人当然能看见我，想必正在看我。我如坐针毡，却只能安详地坐着不动。1 小时足有 10 小时长。好不容易掌故谈完，办事人员来收了我的白卷，叫我别走，还有个招待会呢。我不知自己算是主人还是客人，趁主人们忙着斟茶待客，我“夹着尾巴逃跑了”。

第二天苏州报上登载一则新闻，说章太炎先生谈掌故，有个女孩子上台记录，却一字没记。

我出的洋相上了报，同学都知道了。开学后，国文班上大家把我出丑的事当笑谈。我的国文老师马先生点着我说：“杨季康，你真笨！你不能装样儿写写吗？”我只好服笨。装样儿写写我又没演习过，敢在台上尝试吗！好在报上只说我一字未记，没说我一句也听不懂。我原是去听讲的，没想到我却是高高地坐在讲台上，看章太炎先生谈掌故。

这件事，大约让杨绛印象深刻，以至于在七十多年后，她依旧清楚地记得当时如坐针毡又不敢擅自离场的感受。而这些在当时感到颜面扫地的往事，后来再回忆起来，却总能让人嘴角带笑，轻轻地说一句：“啊，还有过这样的事情呢。”

第二卷

一生一世一双人

第一章
在东吴大学的进化

东吴——大学生活与文理分科

似乎是转眼间，杨绛已经站在了迈向大学生活的门槛前，每个年轻人都憧憬着丰富多彩的大学生活，但关于大学，杨绛却有两件憾事：第一，是没能进入向往的大学，第二，则是没能进入喜爱的专业。

1928 年 6 月，杨绛跳级一年，只用了五年时间，就学完中学六年课程，提前毕业。因为平时成绩优异，杨绛得到了免试保送东吴大学的机会。但那时的她一心想去清华读书。

不过，命运有时就爱和人开玩笑，那一年，清华对女生开放招生，但范围仅限北方，根本没有面向南方的招生名额。杨绛只好前往东吴大学，东吴大学校址在苏州，是江苏师范学院和苏州大学的前身。

同年秋，杨绛开始了在东吴大学的生活。刚开学时，女生宿舍还没有建好，好在女生并不多，所以被安排住进了一栋小洋楼，这里之前是一名美国教授的住宅。

东吴大学由教会开办，在当时，学生的住宿起居条件都算上等，杨绛在《“遇仙”记》中回忆过在东吴时的宿舍。

我第一年住在楼上朝南的大房间里，四五人住一屋。第二年的下学期，我分配得一间小房间，只住两人。同屋是我中学的同班朋友，我称她淑姐。我们俩清清静静同住一屋，非常称心满意。

这间房间很小，在后楼梯的半中间，原是美国教授家男仆的卧室。窗朝东，房外花木丛密，窗纱上还爬着常青藤，所以屋里阴暗，不过很幽静。门在北面，对着后楼梯半中间的平台。房间里只有一桌两凳和两只小床。两床分开而平行着放：一只靠西墙，床头顶着南墙；一只在房间当中、门和窗之间，床头顶着靠门的墙，这是我的床。

房间的门大概因为门框歪了，或是门歪了，关不上，得用力抬抬，才能关上。关不上却很方便：随手一带，门的下部就卡住了，一推或一拉就开；开门、关门都毫无声息。钥匙洞里插着一把旧的铜钥匙。不过门既关不上，当然也锁不上，得先把门抬起关严，才能转动钥匙。

之所以门框或门歪掉，是因为气候潮湿，木制门框和房门变形膨胀的原因。但这给杨绛等人提供了方便，她们晚上睡觉时根本不用锁门，只要把门“随手一带”，就不会被风吹开。

除了知识类教学，东吴大学还很重视体育。刚进学校时，因为女生数量较少，她便在女子排球队里充人头，并利用课余时间积极练球。很快，她参加了女排比赛。在半个世纪之后才写成的《小吹牛》中，她描绘了那场激动人心的比赛。

我们队第一次赛球是和邻校的球队，场地选用我母校的操场。大群男同学跟去助威。母校球场上看赛的都是我的老朋友。轮到我发球。我用尽力气，握着拳头击过一球，大是出人意外。全场欢呼，又是“啦啦”，又是拍手，又是喜笑叫喊，那个球乘着一股子狂喊乱叫的声势，竟威力无穷，砰一下落地不起，我得了一分（当然别想再有第二分）……当时两队正打个平局，增一分，而且带着那么热烈的威势，对方气馁，那场球赛竟是我们胜了。

后来，每当在电视上看到排球比赛，杨绛总能记起那场比赛，也会有些得意地嘀咕一句："我也得过一分。"

杨绛进入东吴大学的第二年，清华对南方考生打开了大门。之前在振华女校和她同班的蒋恩钿等人都成功考入，而杨绛却感到非常遗憾：早知如此，还不如不跳级，和其他人一样正常毕业，不就也能考进清华了？

伴随着遗憾感觉一起袭来的，还有对前途的迷惘。此时的杨绛，已经进入东吴大学一年，到了分科和选择专业的时候。东吴大学两个顶尖的专业恰好是医学预科和法学预科，按照杨荫杭之前的观点，这两门学科刚好是从业的最佳选择。

正值青春好时光的杨绛，一心想学一门对社会"有益"的专业，对这个想法，她曾认真而坦诚地回顾过。

我在融洽而优裕的环境里生长，全不知世事。可是我很严肃认真地考虑自己"该"学什么。所谓"该"，指最有益于人，而我自己就不是白活了一辈子。我知道这个"该"是很夸大的，所以羞于解释。

杨绛的老师认为她可以读理科，因为她的成绩虽然不是全部满分，但很平均，也没有偏科的情况。若是选择理科，杨绛大可以成为南丁格尔那样的白衣天使，救死扶伤。但是，想象和现实总有很大差距，生物实验课上，老师布置任务，要学生去剥活螃蟹的壳，杨绛都下不去手，更不要说观摩手术了。

事实上，有一次一名同学真的带她去医院偷看外科手术现场。杨绛很坚强，没有当场呕吐或晕倒，可是后来的两个星期里，她一口肉也吃不进去。经过这两件事，杨绛放弃了学医的打算。

那么，到底要怎么选择？

当一个人站在十字路口，犹豫着之后该向哪里走时，等待是没有意义的，因为如果只是站在那里，我们永远也不会知道将来的路上会有怎样的风景。

正是带着这样的迷惘，杨绛趁着周末回家，向父亲请教。但杨荫杭却说最喜欢什么就去学什么，不用考虑该或不该，因为“喜欢的就是性之所近，就是自己最相宜的”。在父亲的开导下，杨绛终于下了决心，不顾老师的建议，在文理中选择了文科，这也预示着，她从此走上了文学之路。

不过，当时的东吴大学没有设立文学系，文科只有法预科和政治系。

杨绛很想选择法律，因为父亲一直从事和法律相关的工作，杨绛打算毕业后给父亲做帮手，还能借此机会接触社会，认识各种类型性格的人，将他们作为自己写小说的素材。但这个想法遭到了杨荫杭的坚决反对。当时的杨荫杭，早已看透国内司法的腐败现象，对律师这个职业心灰意冷，更不想女儿进入这个行业。

排除了医学和法律这两门在当时应用性极强的学科，杨绛的选择面更加狭窄。当时的东吴大学没有文学系，选择了文科类的杨绛，只能进入政治系。

这是当时和现在很多大学生都会遇到的问题，在报考和录取时，因为各式各样的原因，没能进入最想去的大学，或是没能进入最喜欢的专业。但杨绛没有因此消沉，而是怀着一百二十分的精神，度过大学生活的每一天。

杨绛的写作才华，在东吴大学时就已经初现端倪，她是当时校园里著名的“笔杆子”，校内“1928 年英文级史”“1929 年中文级史”都出自她的笔下。

也许是受到杨荫杭“自由式”教育的影响，杨绛并不是那种死读书的学生。看上去，她并不是那么用功，头悬梁的士气是没有的，甚至也从没熬过夜。但正是因为她让头脑和身体在学习和休息之间张弛有度，极大地提高了她的学习效率，让她能比其他人更专注，也更机灵。所以，无论是领悟力还是记忆力，杨绛都是佼佼者，升到大学三年级时，她所有学科的成绩都是一等，其中也包括体育。这种全部一等的学生，被大家称作“纯一等”，而整个东吴大学，算上杨绛，也只有区区三人。

在东吴上学期间，杨绛还结识了一位重要的朋友，她就是周芬。两人的性格很像，文静朴素，成绩优异，于是很快就成为挚友，同进同出。更可贵的是，杨绛和周芬之间这份年少单纯的友谊，从大学时代开始，延续了一辈子，成为两人终生的友谊。

不读书就白活了

虽然选了政治专业，但杨绛对政治学一点也不感兴趣。当时学生们热衷于闹学潮，游行不断，政治系的学生尤其积极，但杨绛却从不参与。

除了每天上课，保证功课质量，其余的时间，她都泡在图书馆里。这里的藏书量可观，其中很多都是中外文学名著，极大地满足了杨绛对书籍的热爱和渴求。她几乎将馆内的外国小说全都读过了，古希腊悲剧、弗洛伊德心理学等书她也都是这个时期开始接触的。

东吴大学因为是由教会开办，对英语也十分重视，再加上杨绛早年在启明受到的良好教育，她的英文水平已经不低，再加上到了东吴大学后，阅读了大量原版书籍，她的外语水平飞速提高。到了后期，她不再满足于阅读和笔记，开始试着将原文翻译过来，因为所学学科的关系，她翻译了很多英文原版的政治学论文。后来，杨绛还跟着一名比利时夫人学习了法语，这些都为她后来的翻译工作奠定了坚实的基础。

也许是因为习惯了和父母在一起的生活，杨绛一直很恋家，东吴大学又在苏州，她经常回家，陪伴在父亲身边。

一次闲来无事，杨荫杭忽然问她："阿季，三天不让你看书，你怎么样？"

"不好过。"杨绛答道。

"一星期不让你看书呢？"

"一星期都白过了。"

杨荫杭高兴地笑道："我也这样。"

读书入迷，是杨荫杭与杨绛父女两人的共同爱好，或者说，正是因为杨荫杭对阅读的热爱，指引和影响了杨绛，将她也带进书籍的美妙海洋。

大学时期的杨绛，思想比年少时更加深邃成熟。慢慢地，父亲不再是她需要仰望与崇敬的对象，而是变成可以交心的朋友，对书籍同样的热爱，对知识的渴求，让父女两人在精神沟通上越发和谐，也正是凭借书籍这个桥梁，杨绛感到自己与父亲的距离又近了一步，那是在亲情之外的，浓浓的相知。

从学校回家的时间，杨绛多数用来给父亲帮忙。杨荫杭每次在书摊上寻到版本优良的旧书，都会如获至宝地买回来，小心翼翼地整理卷曲的书角，再将破损的部分粘贴修补好，最后交给杨绛。杨绛便找来粗一些的白色丝线，穿成双线，将书重新装订。那时的书籍和如今的胶装不同，尤其是旧书，多是线装，装订的样式，也和现在流行的复古线装书一样。但用这种装订方式订成的书，走线留在外面，一个不小心，就会出现犬牙交错的效果。杨荫杭爱整齐，更爱书，装订的双线必须平行，不能交叉，最后锁死的线结也不能露在外面，但杨绛心细，又和父亲一样爱书，每次订成的书籍，都让杨荫杭很满意。

有时候杨绛回到家，遇见杨荫杭很忙、状子很多的时候，她会帮父亲一起抄写。偶尔，三姑母杨荫榆也会来找她帮差。

她在一个中学教英文和数学，同时好像在创办一个中学叫“二乐”，我不大清楚。我假期回家，她就抓我替她改大叠的考卷；瞧我改得快，就说，“到底年轻人做事快”，每学期的考卷都叫我改。她嫌理发店脏，又抓我给她理发。父亲常悄悄对我说：“你的好买卖来了。”三姑母知道父亲袒护我，就越发不喜欢我，我也越发不喜欢她。

在杨绛平实客观的叙述中，不经意地透露出这样的信息，那就是一次改卷很快之后，“每学期的考卷”都让杨绛来改。在批改考卷的问题上，三姑母将她当成了省心又省力的免费帮手，也难怪杨荫杭会心疼这个平日里最喜爱的女儿。

在东吴大学求学期间，杨绛的知识面得到了前所未有的扩展，正因为如此，她也发现自己更多的不足。有人说，过度的自信，通常来源于无知，当一个人接触到的东西越多，就会越发感到自己力量的微薄，杨绛后来也在《将饮茶》一文中谈到过这样的体会。

最喜爱的学科并不就是最容易的。我在中学背熟的古文“天下一致而百虑，同归而殊途”还深印在脑里。我既不能当医生治病救人，又不配当政治家治国安民，我只能就自己性情所近的途径，尽我的一份力。如今我看到自己幼而无知，老而无成，当年却也曾那么严肃认真地要求自己，不禁愧汗自笑。不过这也足以证明：一个人没有经验，没有学问，没有天才，也会有要好向上的心——尽管有志无成。

如果说这是她的体会，不如说这是她的领悟，虽说落笔时的杨绛用“幼而无知，老而无成”来总结自己未免过于自谦，但在向来淡泊名利的她看来，无论是文学上的成就，抑或是社会上的名声，都不能算是她这一生的成就吧！但是，有上进心总是好的，它能让人更有斗志，也能让人永远年轻，无所畏惧地行走在前进的道路上。

杨绛在东吴大学升到三年级时，振华女中的校长告诉了她一个好消息：校长已经成功地帮她申请了美国卫斯理女子大学的奖学金，这也意味着，杨绛可以到美国去留学。

按照章程规定，杨绛除了需要自理路费，还要缴纳学费两倍的金额，用作日常花销。不过校长告诉她，依照以往的经验，生活费用不了那么多钱。

面对这次机遇，杨绛回家与父母商量，父母当然希望自己的孩子接受更好的教育，所以对于出国留学，他们是支持的，只要杨绛愿意就可以去。但杨绛几番考虑，最后还是回绝了留学申请。除了不想再给家里增加负担，她还有更深层的理由。

关于留学，杨绛有自己的观点。她在国内的专业是政治，若是出国留学，读的也是政治学，但她对政治不感兴趣，与其花费高额学费到美国学政治，不如留在国内，考一所好大学的文学专业。

杨绛之所以有这样的想法，很大程度上是因为清华开始面向南方招收女学生。无论如何，她都想进入清华，圆自己的梦想。

就这样，杨绛放弃了留学机会，而等待着她的，不仅仅是清华研究院敞开的大门，还有清华园中，注定要出现在她生命中的钱钟书。

众多的追求者与费孝通

在东吴大学读书时的杨绛，非常引人注目。她本身就长得小，刚入校时还梳了个娃娃头，一张无忧的欢快笑脸，皮肤白皙，微微透着红，因为皮肤很好，整张脸看上去泛着淡淡荧光，虽然是天然素面，却有如胭脂微扫、绛唇轻点，像个活生生的洋娃娃。

因为她长得像洋娃娃，又是姓杨，同学们背地里都叫她

“洋囡囡”，学校校刊甚至还刊登了一张图片，上方的头像是杨绛，下面则是一堆洋娃娃，于是，“洋囡囡”这个名字就被全校同学知道了。

活泼可爱的“洋囡囡”一踏进校门，就受到了很多男生的注意。那时候读大学的男孩也多有诗书雅好，平时吟诗作对，也是比拼才学的方式。因为杨绛实在出众，有人专门作了十首旧体诗，其中有一句非常形象，称杨绛“最是看君倚淑姊，鬓丝初乱颊初红”。

这是在说杨绛倚着同学沈淑的样子，透露着女生之间特有的亲昵和欢喜，脸上红晕隐隐可见，只觉娇羞香气迎面而来，而鬓丝初乱，则刻画了杨绛活泼的动态。想必当时单纯美好的杨绛，就像一阵春风，吹过作诗人的心田。

杨绛受到男生的欢迎，并不是秘密，所以，这也成了同宿舍几个姐妹卧谈会的话题。一次卧谈会时，一个姐妹称，男生追求女生，有五个条件，分别是相貌好、年纪小、成绩好、身体健康、家境也好，而这五个条件，杨绛全都占了。虽然大家聊得火热，但作为当事人的杨绛听了，却不知如何回答，羞得直接躲进被窝，假装自己睡着了。

据传说，当时杨绛的追求者有七十多人，还被戏称为“七十二煞”；但到了晚年，杨绛对吴学昭讲起这段往事时却说："没有的事。从没有人给我写过情书，因为我很一本正经。我也常收到男同学的信，信上只嘱我'你还小，当读书，不要交朋友'，以示关心。"

男同学写信，却不示好，而是关心地提醒她年纪还小，不要急着交朋友。这种看似异常的"关心"，其实也很好揣测。当时的杨绛除了上课，其他时间都泡在图书馆里，非常用功；同时，她落落大方待人得体，但这种恰当的庄重自持，却更让男生觉得不易接近。因为任何一个理智的人都能看出，杨绛到东吴大学并不是来"交朋友"的，所以，与其示好招来厌恶，不如以读书、鼓励为主，更容易拉近距离。

在杨绛的记忆里，只有一次例外：那时，有个男生假装自己喝醉，硬塞了一封信给她。杨绛和一般女孩不同，她既不会因羞涩而无法拒绝，也不会为了照顾对方的面子装作收下之后再退还。继承了父亲性格的杨绛，当场就把信还给那男生，很郑重地说："你喝醉了，信还给你，省得你明天后悔。"后来那男生酒醒了，特意找到杨绛向她道歉，两人照常做朋友。

在那个年代，女大学生本身就是"稀有物种"，身边不乏追求者，书信更是繁多。一些女生以此为傲，一些女生颇怀嘲讽，还有一些女生头疼不已。而杨绛的方式和这些都不一样，她表现得比较温和，与男生保持一定的距离，既不尴尬难堪，也不会显得过于“高冷”，就像站在山峰上向下望，却没有要走下来的意思；而山下围守的人们，自然也明白分寸，保持着距离，翘首张望，期待着有一天她能下山来。当然，这其中也有鲁莽的人，招了杨绛的讨厌。

那是一个名叫朱雯的男生，他总是在说杨绛“太迷人了”，又擅自写了一篇《杨朱合传》，登在校内小报上。杨绛很不高兴，觉得这个朱雯做得有些过分，整个大学四年她都没理过他。

就在这样一种欲求不得只可远观的情况下，男生们对杨绛束手无策。这时，一个名叫费孝通的愣小子跳出来对大家说：“我跟杨季康是老同学了，早就跟她认识，你们追她，得走我的门路。”

这话很快便传到杨绛耳朵里，甚至有人误会了杨绛和费孝通之间的关系，但杨绛却哭笑不得，反驳道：“我从 13 岁到 17 岁的四年间，没见过他一面半面。我已经从一个小鬼长成大人，他认识我什么啊。”

这位费孝通，正是后来我国的著名社会学家，他与杨绛的交集，确实是从很早就开始了。

杨绛在振华女校上学时，曾和费孝通做过同学。因为费孝通的母亲与振华的校长王季玉相熟，而费孝通早慧，年纪也小，母亲怕他去其他学校受气，于是就拜托王季玉，将费孝通送入振华女校。

起初因为年纪相仿，费孝通和杨绛经常一起玩耍。但到了后来，杨绛觉得费孝通呆呆的，女生都会的游戏，他却不会，慢慢地就不和他玩了。而且，费孝通脑筋活，算术非常好，上课时有四则运算题，杨绛答不出，老师就让费孝通回答。虽然杨绛并非争强好胜之人，但如此强烈的对比，还是让她觉得不好受，于是，在她小小的心里，对费孝通平添了一丝敌意。

年少时的情绪，无论是喜怒哀乐，总是那么明显，再加上杨绛天性率直，她对费孝通的不满也表露得很直接。

一次，老师在教跳舞，费孝通和杨绛都排在后面，但费孝通却不跳，杨绛见了笑他说："我们都是女生，你来干什么?"另一次，她专门在沙地上画了丑丑的人，胖胖的，嘴巴长着，还故意问费孝通："这是谁呀?"费孝通倒是很憨厚，明知道杨绛画的是他，却只是笑笑，不吭声。

费孝通在振华女校读了一年就转走了，后来杨绛跳了一级，费孝通刚好也跳级，就这样，他们在东吴大学再次相遇，而且还是同班同学。此时的杨绛，已经不是当初那个爱调皮的“小鬼”学生，又因为同在振华读过书，她对费孝通的态度缓和了许多。

一次，班上很多同学相约出游，杨绛和费孝通也去了。许多年后，杨绛再回忆起那次出游的情形，依然觉得很美：“一次，大家摇船到青阳地看樱花，天微雨，抬头是樱花，空中是飞花，地下是落花，很美。”

费孝通和杨绛一样，也很喜欢读书，他还向杨绛推荐了不少新书，像冯友兰的《中国哲学史》、弗洛伊德的心理学著作、房龙的《我们生活的世界》等，都是他介绍的。在这方面，费孝通算得上是杨绛的“益友”。

当然，杨绛也只是将费孝通当作自己的“益友”，但很明显，费孝通并不这么认为。若说两人之间的缘分，确实不浅，从振华到东吴，后来再到清华，都是同学。在费孝通的心里，早已将杨绛当成自己的意中之人，虽然没有得到杨绛的回应，但他依旧锲而不舍，直到晚年，他还在报纸上发表过一篇文章，称杨绛是他的初恋。不过，杨绛见到报纸后直接辩解道：“费的初恋不是我的初恋。”

在那个年代，时光的脚步很慢，人和人之间的交往，也因为含蓄而有着别样的美丽。不过，正是这样的含蓄，造就了一个个美丽的误会。

对于费孝通来说，虽然他和杨绛一直以朋友的身份来往相交，但他们也算青梅竹马，关系一直很不错，就算他不挑明，杨绛一定也明白自己的意思，既然没有拒绝，那就说明他是有希望的。可是，就杨绛而言，这份感情从始至终都是费孝通的一厢情愿，他从未开过口，她就算知道，又有什么机会开口拒绝呢？

这样类似的误会，在诗人卞之琳和张充和之间也发生过，但多年后，张充和谈到这段“苦恋”时却说：“这完全是一个无中生有的故事，说苦恋都有点勉强。我完全没有和他恋过，所以谈不上苦与不苦。”那些精心写下的信，她看过就丢，从没回复过。本以为这种态度已经足够，可信还是不断送来，当被问到为何不说清楚时，张充和答：“他从来没有说请客，我怎么能说不来？”

这两个故事太相似，不知在那个时代，发生过多少这样的误会。相信杨绛对于费孝通的一腔热情，也是这样的态度，他不说，她怎说不？

很快，杨绛迎来了大四学年。到了下学期，东吴大学因学潮停课，眼看开学无期，杨绛便和父亲商量，想到北京的大学借读。而正是这次北上，圆了她的“清华梦”，成功进入清华借读。也就是在这个学期，她获得了东吴大学政治系的毕业证书，就这样，她与东吴大学就此别过，与政治也挥手作别，从此走上文学的辉煌之路。

对杨绛来说，进入清华的意义非同寻常，除了圆梦，清华园的邂逅，也让她的人生从此改变。

第二章

我来了，刚好你也在

古月堂前初相见

杨绛一直有个“清华梦”，但圆梦的过程，却坎坷而曲折。

我生平最大的遗憾就是没有上清华本科。家人和亲友郑重其事为我选大学，恰恰选了一所对我不合适的大学。我屡想转清华，终究不成，命也夫。

1928年，她刚从振华毕业，便与清华本科失之交臂。但她并不死心，1930年的暑假，她让蒋恩钿陪着，前往上海交通大学报考清华，打算以转学的曲线方式进入清华。可是，就在她拿到准考证之后，却为了陪护患病的弟弟宝昌，错过考期，第二次停在了清华门外。

可是，仿佛冥冥之中自有姻缘注定，杨绛依旧惦念着清华，就连她的母亲唐须嫈后来也打趣说："阿季的脚下拴着月下老人的红线呢，所以心心念念只想考清华。"而正是她心心念念的清华，见证了她与钱钟书的相遇相知。

有一晚，我做了一个梦。我和钟书一同散步，说说笑笑，走到了不知什么地方。太阳已经下山，黄昏薄暮，苍苍茫茫中，忽然钟书不见了。我四顾寻找，不见他的影踪。我喊他，没人应……钟书并不为我梦中的他辩护，只安慰我说：那是老人的梦，他也常做。

这是《我们仨》中对晚年梦境的回忆。当一个人度过自己人生的绝大部分时光，便会懂得为失去做好准备，他终将失去身边的伴侣，或是先行走完自己的生命。年迈的杨绛深知此理，却依旧无法平静地等待这一天的到来，毕竟，她和钱钟书之间，有着可遇不可求的美满姻缘，以及太多值得追念的回忆。

1932 年早春，东吴大学因学潮停课，杨绛与同学周芬、孙令衔等人一起离开苏州，北上入京，打算考取燕京大学，完成学业。

到了北京，杨绛通过了燕京大学的考试，之后到清华，想去看望好友蒋恩钿；孙令衔则去看望表兄钱钟书，于是两人相约一同前往。而正是这一次值得被历史铭记的探望，让两位后来名震文坛的年轻“先生”得以初见。

钱钟书与蒋恩钿是同班同学，在蒋恩钿的信里，杨绛早已知晓钱钟书才华非凡聪明绝顶，也听说钱钟书考取清华时数学成绩只有 15 分，当时的校长爱才，才将他破格录取。那时的钱钟书意气风发，文章常载于校刊之上，名满清华。

蒋恩钿见到杨绛十分高兴，听说她打算进入燕京大学，便劝她到清华借读，反正已经到了北京，何不将“清华梦”趁机圆了？杨绛觉得有理，于是接受了蒋恩钿的建议。

杨绛探望好友，自当是在宿舍小坐，清华的女生宿舍古月堂与其他女舍一样，是不准男生涉足的，于是孙令衔便和表兄钱钟书一起，在古月堂门口等杨绛出来。当杨绛从古月堂里钻出来，便一眼见到了大名鼎鼎的才子钱钟书。

在杨绛的回忆中，那日钱钟书穿一件青布大褂，一双毛底布鞋，一副老式大眼镜，书生模样，眉宇间蔚然深秀，既有风骨又不失情怀。

但这一次的见面十分匆忙，两人甚至没说上一句话。但他们对彼此的印象却深刻而难忘，于是都向孙令衔询问对方的情况。

不过，孙令衔是费孝通的好友，他深知费孝通对杨绛的情愫，便对钱钟书说："她已经有男朋友了。"而对杨绛则说："钱钟书已经订婚了。"

但当时的钱钟书其实连一次恋爱都没谈过，订婚这个说法又是怎么回事？

原来，孙令衔的一位远房姑妈是叶恭绰的夫人，家里有个养女，名为叶崇范。叶夫人想将养女许给钱钟书，叶钱两家长辈也颇为满意，但这对当事人却都不愿意。

细究起来，这位叶小姐和杨绛是学姐妹的关系，都曾在上海启明读书，却不曾认识。但这叶崇范淘气得很，经常扮成男孩样子，溜出学校在街上骑车游玩。她不拘小节，饭量又大得惊人，人送外号"饭桶"，所以杨绛对她的事迹略有耳闻。

当孙令衔回答说钱钟书与叶崇范订婚时，杨绛脑海中浮现起那位小姐，不知为何，她虽只见了钱钟书一面，却下意识地觉得，叶小姐的性格和书生气十足的钱钟书并不搭调。

事实上，杨绛作为女子的第六感相当准确，叶小姐对钱钟书不感兴趣，而且当时也有了意中人，对方是一名律师。

钱钟书这一方更是勇敢直率，虽然孙令衔已经说了杨绛有男朋友，但他还是决定当面去问杨绛本人。于是，钱钟书写信给杨绛，约她在清华的工字厅会客室相见。

两人相见时多少都有些羞涩，一张大桌子，他们分别坐在一个边角上。还不等坐稳，钱钟书便解释说："我没有订婚。"杨绛则答他："我也没有男朋友。"

最重要的误会解开了，一对年轻人这才放下心来，最重要的话说完了，两人却都舍不得马上离开，便聊了起来。

大约是姻缘前定，两人在遇到对方之前，都没有谈过恋爱；他们就像上天为彼此准备的礼物，只等待那年的早春三月，在校园里开出花朵来。

不过，这一桩在他人眼中一见钟情的爱情，对于杨绛来说却并非如此。晚年时，她说起往事，只道是："人世间也许有一见倾心的事，但我无此经历。"

虽然不曾一见倾心，但他们之间的坦诚与亲近，却在自然而然的相处中越发深厚。工字厅相见之后，钱钟书和杨绛开始了鸿雁传书，但内容却仅限于朋友间的学习和交流。两人的信件都用英文写成，提到的都是最近读到的书籍和感想，也正是这段时间，杨绛在蒋恩钿的帮助下，转入清华借读，圆了她的清华梦。

因为两人同在清华园中，通信变得更加方便和频繁，到了后来，钱钟书的信越写越频繁，终于变成了一天一封。

有时，钱钟书也会到古月堂外，约杨绛一起出去散步。开始时，两人都有些拘谨，不走小路，只去气象台下面，坐在宽而平的台阶上，谈着人生和理想。

忽而有一次，钱钟书说起了自己的愿望："我志气不大，只想贡献一生，做做学问。"在当时的环境下，钱钟书这种不问政治只做研究的愿望，确实不算有志气，可这恰好与杨绛的观念相契合，也让他离杨绛的精神世界更近了一步。

过了一段时间，气象台那里发生了事故，一名学生意外触电身亡。这件事之后，钱钟书和杨绛便不再去气象台谈心，而是走起了小路，那条小路经过荷塘，很多情侣都喜欢在那里散步。而此时，钱钟书与杨绛之间的心理距离，也越发亲近起来。

许多人都认为，古月堂前的初见，是钱钟书与杨绛生命的转折点，在那一天，他们都遇见了唯愿与其共度一生的人。这场相见的意义如此重大，以至于不断有人去想象，当初年轻的两人相见时，是怎么样的场景。

但杨绛是内敛的，尤其是步入晚年后，回忆起那次初见，她的语气温婉平和，只说钱钟书一身的书生气。不过，在钱钟书中年的追忆诗歌中，却写下了初见那天他眼中的杨绛。

颉眼容光忆见初，蔷薇新瓣浸醍醐。

不知腼洗儿时面，曾取红花和雪无。

这一位现代感和文艺气息并重的女子，面色白中微红，宛若初开的蔷薇花瓣，不小心落进纯净的凝脂中，恰如人面桃花般炫目，又因着腼腆，让那红悄悄多了几分。

这便是那天的杨绛，钱钟书将这个印象写进诗中，并不吝美辞地赞赏着。而后两句中所用典故，自然瞒不过同样聪慧博学的杨绛。

钟书的诗好用典故……红花和雪的典故来自北齐崔氏的洗儿歌……春天用白雪、用红花给婴儿洗脸，希望孩子长大后脸色好看。

赠予佳人的诗作，由佳人亲自解答，道与外人听取，这即是甜蜜满满的回忆。不过，杨绛向来认为，自己并没有钱钟书诗中那么美好，多年以后，当有人为钱钟书撰写传记时，杨绛还曾写信重申："我绝非美女，一中年妇女，夏志清见过我，不信去问他。情人眼里则是另一回事。"

在古月堂初见过去了很多年之后，他们的女儿钱瑗曾问过钱钟书：“爸爸，你倒说说，你是个近视眼怎么一眼相中妈妈的？”

钱钟书只是笑着说：“我觉得你妈妈与众不同。”

但到底是怎样的不同，钱钟书却没有明言。在杨绛百岁那一年，似乎是为了代替钱钟书回答女儿当初的问题，她写下这样的话。

我与钱钟书是志同道合的夫妻，我们当初正是因为两人都酷爱文学，痴迷读书而互相吸引走到一起的。

世人皆言“情人眼里出西施”，这话在钱钟书与杨绛身上也同样适用，但真正让两人走到一起的，是他们在文学水平和精神层面上的契合。正是这样一种志同道合的契合，让年轻时的两人相互吸引、互托终身，也让后来的两人，并肩携手，闯过人生的风浪与坎坷。

所有人快乐，我们才能快乐

随着杨绛与钱钟书两人之间的关系日渐稳定，反对的声音也从身边的各个方向传来。

和杨绛同一宿舍的姐妹认为钱钟书长相欠佳，人又狂妄，而杨绛儿时的朋友孙燕华，同时也是“钱钟书未婚妻”范小姐的亲戚也不断指摘，称钱钟书过于骄傲，目中无人。但这些话到了杨绛耳朵里，却总是一听而过，在杨绛的心里，对钱钟书有着不同的看法，她觉得钱钟书的性格并没有她们看起来的那么糟糕，他只是有时不善与人相处罢了。

而钱钟书方面，则收到了来自老师的忠告。那时杨绛正在借读，她选修了一门《英国浪漫诗人》，由于她对西方文学缺乏基础性了解，在测试时交了一张白卷。这门课的授课教师温源宁非常喜欢钱钟书，见他的这位“女朋友”竟然交白卷，忍不住对钱钟书说：“pretty girl（漂亮女孩）往往没头脑。”当然，钱钟书对老师的劝告不以为意。

都说感情世界里，当局者迷旁观者清；可是，当两个契合的灵魂在世间相遇，周遭万物都不会有谁比他们对彼此更加了解，也正是基于这种了解，在各种质疑声中，杨绛和钱钟书才能不为所动，在各自的轨道上，共同捍卫着他们的爱情。

在所有反对的呼声中，最强烈的自然是费孝通。

杨绛在与钱钟书互通心意后，很负责任地写信给费孝通，说她有了男朋友；而费孝通一直以杨绛的多年好友，努力扮演着她的保护人的角色，看到这封信，费孝通直接跑到古月堂，找杨绛理论。

费孝通的想法简单直接，他认为自己更有资格做杨绛的男朋友，因为他们已经做了许多年的朋友。但杨绛非常明确地拒绝了他，于是，费孝通提出要和杨绛“做朋友”。

面对感情上的纠葛，杨绛不似一般女子那样迟疑委婉，而是据理回应：“朋友，可以。但朋友是目的，不是过渡；换句话说，你不是我的男朋友，我不是你的女朋友。若要照你现在的说法，我们不妨绝交。”

这话说得逻辑清晰明确，有理有据又不会过分伤人。由此可以见得，身为女子的杨绛心似明镜，毫不含糊，她既了解自己内心的感受和追求，也明白人与人之间的关联和分寸。

见杨绛的态度很坚决，费孝通只得失望而归。但他心胸豁达，在这个问题上很通情理，后来，他和钱钟书还成了朋友。

1979 年时，中国社会科学家访问美国，费孝通和钱钟书也在其中，并且住在同一间套房里。钱钟书会将在美国的生活详细地写进日记，打算回国后交给杨绛阅读，所以，他不曾给杨绛写信。费孝通见钱钟书的信都是写给女儿的，颇为不解，但他热心地送了不少邮票给钱钟书，让他写信给杨绛寄回去。钱钟书很感动，却又觉得有点好笑，他和费孝通，正是《围城》一书中的方鸿渐与赵辛楣，是一对活生生的“同情兄”。

虽然放弃了对杨绛的追求，但费孝通对杨绛始终怀有深深的情谊。到了晚年，每当他新作问世，总要送给杨绛阅读“指正”，后来钱钟书去世，费孝通还曾登门拜访过杨绛。

杨绛自然明白费孝通的心思，送他下楼时，杨绛便道：“楼梯不好走，你以后也不要再‘知难而上’了。”这话一语双关，既是对费孝通身体的关心，也是对他委婉的回绝，在杨绛的心里，费孝通是她多年好友，但也只是多年的好友。

就在他们相遇相熟的那个学期期末，钱钟书一放假就回老家去了。原本一天一封的通信，也因为距离的关系而减少，这让杨绛感到很不适应，甚至难过了很长时间。等过了这段时间，她再冷静反思，这才意识到，自己不是对一天一封信感到怀念，而是“fall in love”，爱上了那个写信的人。

回家后，钱钟书写信给杨绛，提出订婚的想法，又劝她别忙着回家，留在学校好好用功，考入清华的研究院。在钱钟书眼中，杨绛完全有能力通过研究院的考试。除了鼓励她上进，钱钟书也有自己的愿望，如果杨绛继续留在清华读研究生，他们就还能再做一年同学。

见钱钟书提到订婚的事，杨绛不禁讶异，距离古月堂的初见只过去短短几个月，他们之间的进展是不是过于迅猛？可是，感情又怎可用时间来衡量？在杨绛后来的小说《洗澡》中，许彦成和姚宓便是如此，他们认识不久，却“觉得彼此间已有一千年的交情，他们俩已相识了几辈子”，这种感觉，已经无关长相年纪，而是一种精神上的契合、灵魂上的吸引。

杨绛思量一番，便给钱钟书回信，表示自己还不能接受订婚的要求。而关于报考研究院的提议，她打算先补齐清华本科的全部知识，第二年再考。

所以，一个学期的借读结束后，杨绛便回到老家，经亲戚介绍，到上海工部局华德路小学执教。杨绛本以为小学老师的工作很轻松，还可以抽空看书学习，结果没想到，小学老师不单要上课，连系裤带都要她来操心。

不过，杨绛是爱书的，工作之余，她挤出时间跑去学校的图书馆，把自己用得上的书都读了个遍。就在她忙得焦头烂额时，钱钟书依旧频繁写信，劝她不等次年，当即就报考研究院，杨绛因为忙碌无心解释，干脆就不给钱钟书回信了。

见杨绛迟迟不回信，钱钟书紧张起来，他担心是自己过于冒进，惹杨绛厌烦，就此不再理睬他了。他既难过，又怕再写信更惹人嫌，只好将一腔悲哀化成秋天的诗句，兀自伤怀。比如“答报情痴无别物，辛酸一把泪千行”，又如“别后经时无只字，居然惜墨抵兼金”，“别后无只字”，说的是杨绛没有回信，收不到佳人的信，自然是一把“辛酸泪”。

事实上，除了工作繁忙，杨绛确实不如钱钟书那样勤于写信。一次钱钟书问起此事，杨绛如实回答：“我不爱写信。”钱钟书自然没说什么，还是继续写，但他充满热情的心中难免会感到有些委屈，他甚至将这份介怀写进了《围城》，书中的唐晓芙和杨绛一样，也是个不爱写信的女子。

那个年代的男子，很多人都写得一手炽热滚烫的情书，织成闪光的大网，俘获所爱女子的芳心。但钱钟书却并不精于此道，他一个人写诗一个人品读，就这样伤心了许久，最后还是他的同学，也是杨绛的中学同学蒋恩钿劝他直接写信给杨绛，不要一个人胡思乱想。

事实上，杨绛虽然没有回信，但她对钱钟书颇为记挂，钱钟书再次写来的信非常诚恳，杨绛感动之余抽时间回信给他，钱钟书这才重拾信心，恢复了与杨绛的通信。

通信虽然恢复，但钱钟书写下的那些情诗却留存下来。

1933年，他将这些情诗和自己的其他诗歌编成自己最早的一本诗集——《中书君[1]诗》，诗集扉页上还专门题有“呵冻写与季康”。

很快，杨绛因荨麻疹辞去了小学教师的工作，回到苏州休养，一边努力复习。在苏州，杨绛将自己与钱钟书的关系告诉了大姐，之后也对父母讲明了此事。

美好的爱情，能让人在享受甜蜜的同时成为更好的自己。在钱钟书的鼓励和指点下，杨绛经过一年时间的自学，终于在1933年夏天，成功考取清华外文系研究生。开始时，钱钟书在信中说研究院招生要考第三门外语，杨绛便急着自学德语，谁知快考试时，清华临时改了条件，只考两门外语。不过，杨绛因为英文和法文学得都很扎实，顺利通过了考试，也是在这一年，钱钟书从清华毕业，回到无锡老家。

1933年夏天，杨绛写信邀钱钟书到家里来，与父亲杨荫杭相见，钱钟书虽然有些紧张，但还是依约前往。杨绛后来讲起这段往事时说道：“钟书初见我父亲也有点怕，后来他对我说：爸爸是‘望之俨然，接之也温’。”幸运的是，杨

[1] 中书君：这是钱钟书早年的笔名，与其名“钟书”谐音，又是古代对毛笔的别称。杨绛也曾写下一副对联，戏赠钱钟书，对联为“中书君即管城子，大学者兼小说家”，其中管城子也是古时毛笔的代称。

荫杭对他的印象也不错，评价说他“人是高明的”。

或许和杨绛相似，杨荫杭之所以欣赏钱钟书，也是因为他们有着共同的爱好——读书。杨荫杭一生钻研音韵学，喜欢研读不同时代的韵字书籍，还曾被幼年的杨绛耻笑，因为“爸爸读一个字、一个字的书”。后来，当杨荫杭偶然发现，钱钟书抱着大字典认真翻看时，高兴得像个孩子，马上找来杨绛，指着钱钟书说：“哼哼，阿季，还有个人也在读一个字、一个字的书呢！”

在两人的关系里，钱钟书一直是主动的那一方，当他得知杨荫杭称赞自己“高明”，便直接央求父亲钱基博向杨家提亲。

钱基博没见过杨绛，但对她的印象很好。原来，钱钟书回家后，与杨绛通信依旧频繁，有一次，钱基博私自拆了杨绛的一封信，见信里写着：“‘毋友不如己者’，我的朋友个个都比我强。”还有另一种说法，在钱老先生拆开的那封信里，杨绛写了：“现在吾两人快活无用，须两家父母兄弟皆大欢喜，吾两人之快乐乃彻始彻终不受障碍。”

杨绛也不清楚钱老先生读到的是哪一封信，不过她猜想，老人大约是逢信必拆，能看懂的都看过了。不管他读到的是哪一句，总之钱老先生对杨绛很满意，称她是聪明人，还擅自给杨绛回信，将钱钟书“托付”给了杨绛。

这封信让杨绛大为窘迫，所幸钱钟书对她说信不用回。很快，钱基博带着钱钟书一起到苏州，登门拜访杨家，还专程请到杨荫杭的两位朋友为媒。

杨荫杭本以为女儿自由开放，早已答应了钱钟书的要求，不想对方隆重提亲，仓促之间点头同意下来。于是，在“两家父母兄弟皆大欢喜”的气氛里，钱钟书与杨绛的婚约，就这样以旧式的程序确定下来。

订婚后的小相聚

1933 年初秋，钱、杨两家在苏州举行了订婚仪式。对于这次仪式，杨绛做了如下回忆。

五六十年代的青年，或许不知“订婚”为何事。他们“谈恋爱”或“搞对象”到双方同心同意，就是“肯定了”。我们那时候，结婚之前还多一道“订婚”礼。而默存和我的“订婚”，说来更是滑稽。明明是我们自己认识的，明明是我把默存介绍给我爸爸，爸爸很赏识他，不就是“肯定了”吗？可是我们还颠颠倒倒遵循“父母之命，媒妁之言”。默存由他父亲带来见我爸爸，正式求亲，然后请出男女两家都熟识的亲友作男家女家的媒人，然后，（因我爸爸生病，诸事从简）在苏州某饭馆摆酒宴请两家的至亲好友，男女分席。我茫然全不记得“订”是怎么“订”的，只知道从此我是默存的“未婚妻”了。那晚，钱穆先生也在座，参与了这个订婚礼。

一番吃喝过后，婚便是订过了。之后钱钟书移居上海，在光华大学教书，而杨绛则要回清华读研究生。恰巧钱钟书同族的钱穆在燕京大学任职，于是钱基博将杨绛介绍给钱穆，希望他能与杨绛同行北上，代为关照。

钱穆先生博学多才，一路北行，他与杨绛聊的都是治学与处世的方法。闲聊中，他突然评价杨绛，说她“是个有决断的人”，因为她的行李简单，说明善于抉择。不过，只有杨绛自己知道，第一次入京时她带了一个大箱子，和大套的被褥，正是因为那次经验，这次才得以轻装前行。不过杨绛没有多解释，只是笑笑算是默认。

那时的火车行程漫长，路上，杨绛和钱穆先生渐渐熟识起来，见他饮食节俭，心里对他颇为敬重。火车经过蚌埠后，窗外一片荒凉，只有起伏的大丘，杨绛不免叹气道：“这段路最乏味了。”

不料钱穆却答：“此古战场也。”

杨绛再向外看去，外面单调的景色忽然变得有趣起来。钱穆将那些可以安营、冲杀的地方指给她看，令她的吊古感怀之情油然而生。行抵山东，钱穆更是健谈，他的博学让杨绛印象深刻。除了这次同行，他们此后再也没有相见，不过，每当杨绛假期时往返于北京与苏州之间，都会记起钱穆先生，这段愉快的经历后来被杨绛写入了《车过古战场——追忆钱穆先生同行赴京》一文中。

虽然举办了热闹的订婚宴，但此后钱钟书和杨绛分隔两地，依旧要靠通信互通情意，那时杨绛几乎每天都能收到信。也许是因为终身已定，钱钟书放下心来，信里也洋溢着属于自己的幽默感。比如他会在落款时写上“门内角落”，这是英语钱“money”和钟“clock”的音译，这是钱钟书很喜欢的文字游戏。

杨绛进入研究院读书的第一年 4 月，钱钟书利用春假赶到北京来看未婚妻。钱钟书在清华四年，也只去过香山和颐和园，但杨绛天性爱玩，因为有她一起，钱钟书终于游遍了北京名胜。

钱钟书最喜欢的是玉泉山的风景，那时春光暖融，两人踏青而行，彼此都怀着小别胜新婚的兴奋。那次在玉泉山的游览，两人都留下了诗作，杨绛有《玉泉山闻铃》，而钱钟书则和诗《玉泉山同绛》。

杨绛的诗作重点着眼于景致，而钱钟书的诗作却在抒怀："久坐槛生暖，忘言意转深。明朝即长路，惜取此时心。"

彼时他们身处苍翠之中，寻一处小亭歇息，就这样坐了许久，久到不知该说什么，一想到即将和杨绛分别，他便只盼能记住那时那刻的美好和心动。

这次出游虽然短暂，却是两人回忆中明媚美好的一笔，钱钟书甚至以"游仙七日已千年"来形容同杨绛共度的时光。此时，距离他们的第一次相遇，已经过去了两年时间，但钱钟书和杨绛之间的感情却没有丝毫转冷的迹象，正好相反，随着两人对彼此性格和爱好的了解不断加深，他们之间变得更为亲密，也更加有默契。

情侣在刚坠入爱河时，大多会爱得如胶似漆，当相处的时间久了，新鲜感和激情慢慢散去，志趣便成为维系两人关系的重要因素，它决定了两个人是否能真正走入对方的内心世界，让彼此成为真正亲爱之人。而钱钟书与杨绛，从一开始便是因相投的志趣爱好相互吸引、相互了解，当初时的羞涩与紧张褪去，留给他们的，只有平和岁月中的熟悉与亲切。他们是情侣，更似朋友，是永远都有话题可聊的人生密友。

春假结束后，钱钟书回到上海，杨绛继续自己的读书生活。在清华，她最爱也最常去的地方便是图书馆，即使到了晚年，她也依旧记得自己第一次踏入图书馆时的情景，这些美好的画面被她写入《我爱清华图书馆》中，也向后人展现了“杨绛眼中的清华图书馆”。

1932年春季，我借读清华大学。我的中学旧友蒋恩钿不无卖弄地对我说：“我带你去看看我们的图书馆！墙是大理石的！地是软木的！楼上书库的地是厚玻璃！透亮！望得见楼下的光！”她带我出了古月堂，曲曲弯弯走到图书馆。她说：“看见了吗？这是意大利的大理石。”我点头赞赏。她拉开沉重的铜门，我跟她走入图书馆。地，是木头铺的，没有漆，因为是软木吧？我直想摸摸软木有多软，可是怕人笑话；捺下心伺得机会，乘人不见，蹲下去摸摸地板，轻轻用指甲掐掐，原来是掐不动的木头，不是做瓶塞的软木。据说，用软木铺地，人来人往，没有脚步声。我跟她上楼，楼梯是什么样儿，我全忘了，只记得我上楼只敢轻轻走，因为走在玻璃上。后来一想，一排排的书架子该多沉呀，我撇着脚走也无妨。我放心跟她转了几个来回。下楼临走，她说，“还带你去看个厕所。”厕所是不登大雅的，可是清华图书馆的女厕所却不同一般。我们走进一间屋子，四壁是大理石，隔出两个小间的矮墙是整块的大理石，洗手池前壁上，横悬一面椭圆形的大镜子，镶着一圈精致而简单的边，忘了什么颜色，什么质料，镜子里可照见全身。室内洁净明亮，无垢无尘无臭，高贵朴质，不显豪华，称得上一个雅字。不过那是将近70年前的事了。

……

有人问我钱钟书在清华图书馆读书学习的情况，我却是不知道。因为我做借读生时，从未在图书馆看见他。我做研究生时，他不在清华。我们同返清华，他就借调到城里去工作，每逢周末回清华，我经常为他借书还书——一大沓的书。

……

我敢肯定，钱钟书最爱的也是清华图书馆。

在清华读研究生时，杨绛第一次接触到翻译工作。

一次，《新月》月刊的联合创始人叶公超请杨绛到家里吃饭，这次邀请是叶先生托赵萝蕤发出的，杨绛跟着赵萝蕤一起到了叶家。叶公超待人很周到，一顿饭的时间，就让杨绛与他熟络起来。下次再见，叶公超直接从一本英文刊物上指出一篇让杨绛翻译，说是《新月》需要这篇译稿。

杨绛将这个指派当作叶公超对钱钟书未婚妻的“考试”，很认真地对待。这是一篇晦涩沉闷的政治论文，题目为《共产主义是不可避免的吗》。虽然杨绛大学时的专业是政治学，却从未关注过政论，她用了很大力气才勉强读懂原文，又用了更大力气尝试着翻译。这篇翻译稿对杨绛来说，只是勉强完成，但叶公超看了之后说“很好”，接着不久，翻译稿真的在《新月》上刊登出来。

这是杨绛翻译生涯的处女作，那时的她并没有意识到，自己翻译和写作生涯已经悄然拉开了帷幕，自己还会在“杨季康”之外，拥有一个更响亮的名字——杨绛。

第三章

有决断的人生选择

文坛初行客

清华大学对于杨绛来说意义非凡，这里是她年少时的梦想终点，也是在这里，她遇见了钱钟书，从此走上属于他们两人的生活轨迹。

杨绛在研究院读书时非常用功，她认为自己的本科专业是政治，而不是外国文学，所以要比其他人更努力，不然怕是只会要贻笑大方。

除了仰仗图书馆的图书资源，当时清华一流的名师团队也给了杨绛很好的指导。杨绛在读期间，梁宗岱教授的是“法国文学”，吴宓则讲“中西诗比较”，吴可读教“英国小说”，朱自清教授的课程名为“散文习作”，王文显担任的是“外国戏剧”等课程。

王文显是一名戏剧家，教书同时，他还在进行戏剧创作，后来的很多话剧人才，如曹禺、李健吾、洪深等人，都受到他的影响。

梁宗岱的法国文学课，第一堂便是听写，成绩出来后梁宗岱当场表扬“杨季康”同学得了满分。杨绛的法文基本是自学的，但发音纯正，梁宗岱对她赞不绝口，之后上课，若有问题其他人答不出，他总会让杨绛来回答。

当时的吴宓已经成名，他很赏识钱钟书的才华，当身边人议论钱钟书骄傲时，他总会笑着说那不是炫耀，而是“文人骨子里的一种高尚的傲慢”。也许是因为这样的原因，杨绛对吴宓也多了几分亲近，有时还会替钱钟书给吴宓传信。

吴宓才华横溢却一生为情所困，他对毛彦文的苦恋已经成为众人关注的焦点，吴宓上课时，也会将此事当作“反面教材”来讲，总惹得许多学生来旁听。后来，杨绛在《吴宓先生与钱钟书》一文中回忆了当时的情形。

我听到同学说他傻得可爱，我只觉得他老实得可怜。当时吴先生刚出版了他的《诗集》，同班同学借口研究典故，追问每一首诗的本事。有的他乐意说，有的不愿说。可是他像个不设防城市，一攻就倒，问什么，说什么，连他意中人的小名儿都说出来。吴宓先生有个滑稽的表情。他自觉失言，就像顽童自知干了坏事那样，惶恐地伸伸舌头。他意中人的小名并不雅驯，她本人一定是不愿意别人知道的。吴先生说了出来，立即惶恐地伸伸舌头。我代吴先生不安，也代同班同学感到惭愧。作弄一个痴情的老实人是不应该的，尤其他是一位可敬的老师。

从这段描述中可以看出，对于同学们这些“深究八卦”的做法，杨绛并不认同，甚至觉得吴宓被捉弄得很可怜。

人和人之间的缘分有时很微妙，吴宓和钱钟书、杨绛是师生，却又比单纯的师生关系更加亲近，后来在机缘巧合之下，杨绛结识了这位“老实老师”的女儿吴学昭，并与她成为朋友，吴学昭更是写下《听杨绛谈往事》，展现给人们一个安静回忆往事的杨绛。

虽然杨绛的专业是政治和外国文学，但她的成就主要体现在翻译和文学创作上。在清华研究院就读期间，她的文学创作受到朱自清的指导。“散文习作”是杨绛选修的课程，当时的朱自清已经是散文领域的名家，他的《背影》《荷塘月色》等文章打动了无数人，在朱自清的课上，遇到好的文章，他会让作者自己读给同学们聆听学习。

第一堂课时，为了了解每个学生的情况，他布置了自由命题的任务，杨绛交上去的文章，名为《收脚印》。

听说人死了，魂灵儿得把生前的脚印，都给收回去。为了这句话，不知流过多少冷汗。半夜梦醒，想到有鬼在窗外徘徊，汗毛都站起来。其实有什么可怕呢？怕一个孤独的幽魂？

假如收脚印，像拣鞋底那样，一只一只拣起来了，放在口袋里，揹着回去，那么，匆忙的赶完工作，鬼魂就会离开人间。不过，怕不是那样容易。

每当夕阳西下，黄昏星闪闪发亮的时候；西山一抹浅绛，渐渐变成橘红，晕成淡黄，晕成浅湖色……风是凉了，地上的影儿也淡了，幽僻处，树下，墙阴，影儿绰绰儿的，这就是鬼魂收脚印的时候了。

……

于是，乘着晚风，悠悠荡荡在横的，直的，曲折的道路上，徘徊着，从错杂的脚印中，辨认着自己的遗迹。

这小径，曾和谁谈笑着并肩来往过？草还是一样的软，树荫还是幽深的遮盖着，也许树根小砖下，还压着往日襟边的残花。轻笑低语，难道还在草里回绕吗？

……

远处飞来几声笑语。一抬头，那边窗里灯光，晃荡着人影，啊！就这暗淡的几缕光线，隔绝着两个世界么？避着灯光，随着晚风，飘荡着移过重重脚印，风吹草动，动物沙沙地响，疑是自己的脚声，站定了细细一听，才凄凉的惊悟到自己不会再有脚声了。

……

灯灭了，人更静了。悄悄地滑过窗下，偷眼看看床，换了位置了么？桌上的陈设，变了么？照相架里有自己的影儿么？

……

星儿稀了，月儿斜了。晨曦里，孤寂的幽灵带着他所收集的脚印，幽幽地消失了去。

第二天黄昏后，第三天黄昏后，一夜夜，一夜夜：朦胧的月夜，繁星的月夜，雨丝风片的夜，乌云乱叠，狂风怒吼的夜……那没声的脚步，一次次涂抹着生前的脚印。直到那足迹渐渐地模糊，渐渐的暗淡，消失。

……

以前为了留恋着的脚印，夜夜在星月下彷徨，现在只剩下无可流连的空虚，无所归着的忆念。

记起的只是一点儿忆念。忆念着的什么，已经轻烟一般的消散了，悄悄地长叹一声，好，脚印收完了，上阎王处注册罢。

这篇文章从传说开始，想象着人死后那不为亲人所见的亡魂，是怀着怎样的心情，回到曾经熟悉的地方，收起自己的脚印。也许，当脚印收干净时，逝去的人在亲友心中的影响，也变得模糊起来。淡淡的哀伤和浓浓的不舍弥漫在文章中，在对往昔和现在的一次次描述中，全都弥漫在所有的字里行间中。

虽然《收脚印》一文与杨绛后来的文章相比还稍显稚嫩，但在当时，作为一名 22 岁的女学生，这篇习作非常出众。朱自清更是替杨绛将文章投稿，发表在《大公报·文艺副刊》上，日期是 1933 年 12 月 23 日，编辑沈从文，作者署名“杨季康”。杨绛文章登报的消息，顿时在班上传开，杨绛也很高兴，觉得自己当了一次作家。

杨绛用《大公报》支付的五元稿费，买了两斤红毛线，织成围巾，又买了一盒天津起士林咖啡糖，包在围巾里，一起寄回老家，孝敬母亲。结果包裹到家后，围巾被阿七和阿必两个妹妹拆开织了东西，咖啡糖更是一颗也没有留，全被两个妹妹吃光了。

到了第二学期，朱自清又将杨绛的作品推荐给《大公报》。那是杨绛写下的第一篇小说，名为《璐璐，不用愁》，写的是女学生璐璐与两个男子之间的爱情纠葛，小说后来被收进《大公报丛刊小说选》，主编林徽因，稿费 15 元。

不过那个时候，杨绛已经跟随钱钟书前往英国，稿费则被两个妹妹拿着，给父亲杨荫杭买衣料去了。

由于离开国内，杨绛的文学创作暂时告一段落，这导致了她比同时代的民国女作家出道更晚。不过磨刀不误砍柴工，正是因为这样的迟到，让杨绛有更多时间去经历去积累，去成熟去反思，让她在机会来临之前，做好所有准备，只等风来，一跃而飞。

仓促狼狈的婚礼

1935 年，是钱钟书和杨绛生命中变化最大的一年。

此时，钱钟书在上海光华大学任教已经整整两年，完成了国内服务期，于是报名参加了出国留学的考试。

从1931年4月开始，英国归还的庚子赔款便由专管董事会投资利用，兴办教育，资助国内人才留英学习，这些人被称为留英公费生，需要参加考试才能获得资格。

1935年4月，钱钟书参加了公费生第三次考试，并从参应的262人中脱颖而出，成为24名被录取者中总成绩最高的人，顺利成为唯一一个英国文学专业的留学生。

钱钟书将这个消息告诉了杨绛，并提出希望她能和他一起出国，此时的杨绛已经快要毕业，不过，当时研究院都会将毕业生送到国外留学，只有杨绛所在的外语部是个例外，就算毕业，出国也要自费。

杨绛知道钱钟书从小家庭优渥，缺少自理能力，为了更好地照顾他的起居，她答应与钱钟书一同赴英。既然清华研究院不管外语部毕业生的出国问题，杨绛决定不等毕业，先与钱钟书结婚。当时，她还有一门功课需要参加大考，杨绛找任课老师商议，最后决定用论文代替考试。

其实，没有在清华研究院完成学业，一直让杨绛感到遗憾，她是“清华肄业生”，却不是毕业生。可是，就像钱穆先生看出的那样，杨绛是个有决断的女子，从她得知钱钟书通过考试，到决定休学结婚，杨绛没有半点迟疑。

就这样，杨绛办好休学手续，在毕业前一个月收拾东西回家了。因为走得匆忙，她来不及写信通知家里，直接踏上了归程。

一想到即将离家出国，杨绛最放心不下的还是家里。

就在前一年，也就是1934年暑假，杨绛回到家，杨荫杭告诉她，自己在出庭时突然中风，当场说不出话来。杨绛听了心疼不已，当时，杨荫杭手里还有最后一个案件，杨绛帮他写好状子，曾经事必躬亲的杨荫杭，这次却并没说什么，只是改了几个字。从此，杨荫杭结束了律师生涯，在家休养。

杨绛回家那天中午，杨荫杭像往常一样准备午休，恍惚间好像听到杨绛回家的声音，以为她见自己休息，便去了母亲房间，于是起身跑到唐须嫈房里问："阿季呢？"

唐须嫈正在做针线活，被杨荫杭问得莫名其妙，反问："哪来的阿季？"

"她不是回来了吗？"

唐须嫈以为他是太挂念，才会梦见女儿回来，于是笑他道："这会子怎么会回来？"

杨荫杭细想一下觉得也有道理，眼下还没有放假，杨绛怎么可能回来呢？于是他又没精打采地回到房间，打算继续午睡，却怎么也睡不着。一晃到了三点左右，杨绛真的回来了。

杨绛到家放下行李，跑到父亲房间便喊："爸爸！"

杨荫杭正睡不着，见杨绛真的回来了，一把掀开帐子下床来，高兴地说着："哦，可不是回来了！"

杨绛觉得奇怪，自己明明没有提前写信，父亲又是如何知道她要回家的呢？听了杨荫杭讲的事，杨绛笑说自己一下火车，心已经飞回家了。

而对于这次的心灵感应，杨荫杭则感叹说："曾母啮指，曾子心痛，我现在相信了。"

杨绛向父母说起之后的打算，杨荫杭知道她不放心家里，告诉杨绛只管安心去国外，家里的事他会安排，而唐须嫈则担心杨绛没做过家务，到了人口众多的钱家无法应付，想让杨绛出嫁时带上家里的女佣，杨绛连忙推辞。

举行婚礼之前，按照当地风俗，杨家办了一场"小姐宴"，摆下酒席请杨绛的姊妹、女性亲戚和好友一起参加。

杨绛对那场"小姐宴"印象很深，那是阴历六月十一的晚上，月亮只有大半个，女眷们说说笑笑坐了一桌，十分热闹，但杨绛却难过得一口也吃不进去。

按照风俗，杨绛的父母是不能参加"小姐宴"的，只能待在卧室。后来杨绛再回忆起那天，她忽然猜想，卧室里的父母一定也在舍不得她远嫁，说不定正在偷偷流泪。直到很久以后，再看到大半个的月亮，杨绛总会记起，外面是热闹的“小姐宴”，卧室里，却是父母无声心痛的不舍。

“小姐宴”后又过了两天，便到了钱钟书和杨绛的婚期。他们的婚礼分为两场，杨家的是西式风格，而钱家则是传统中式。

1935 年 7 月 13 日，那一年最热的一天，无锡七尺场宾客众多，杨家的婚礼正在举行。

担任主婚人的杨荫榆，“穿了一身白夏布的衣裙和白皮鞋。贺客诧怪，以为她披麻戴孝来了”①，杨绛的七妹妹做伴娘，孙令衔则是伴郎，无巧不成书，这对伴郎伴娘后来也结成了夫妻。杨家经办的婚礼风格完全洋派，有乐队奏响《结婚进行曲》，新郎新娘相对而立，三鞠躬后交换戒指，便完成了婚礼。

杨绛后来在《记钱钟书与〈围城〉》一文中提到过，《围城》中曹元朗与苏文纨的婚礼现场，正是来源于他们自己的婚礼。

结婚穿黑色礼服、白硬领圈给汗水浸得又黄又软的那位

---

① 引自《回忆我的姑母》。

新郎，不是别人，正是钱钟书自己。因为我们结婚的黄道吉日是一年里最热的日子。我们的结婚照上，新人、伴娘、提花篮的女孩子、提纱的男孩子，一个个都像刚被警察拿获的扒手。

举行完这场西式婚礼，钱钟书和杨绛又乘车赶到钱家，进行下一场。

钱家的婚礼完全按照传统来办，那一天，杨绛磕的头根本数不清，长辈、祠堂的祖宗、厨房的灶神，一一拜过。到结婚后的第三天，按古代风俗，新娘要“三日入厨下，洗手做羹汤”，杨绛被带进厨房举行“入厨”仪式，按照指点，她将备好的鱼拎起来，小心地顺着锅边放进沸油中，仪式就算完成了。

因为天气太热，连续两场婚礼又很辛苦，到了“双回门”的日子，钱钟书和杨绛都已经病得起不来床，更不可能回杨家吃席了。

十天后，杨绛的身体终于恢复了一些，这时钱钟书已经在南京进行出国培训了，于是钱基博让女儿陪着杨绛一起回门。

见杨绛回来，杨荫杭和唐须嫈非常高兴。因为卧床养病，杨绛身上出了疹子，唐须嫈请了名医来给杨绛看病，但杨绛在家中时间太短，开的药还没用完就要回钱家了。

临行前，唐须嫈为她备下两篓水蜜桃，还特别叮嘱，让她送完长辈自己也尝尝。母亲的细心和关怀让杨绛备感温暖，她不忍辜负母亲的记挂，遵从吩咐，吃了两个蜜桃。

就这样，杨绛告别父母离开娘家，很快她就要伴随钱钟书，踏上去往英伦的旅途。杨绛万万不曾想到，那次回门，是她最后一次见到母亲。唐须嫈在后来的战乱中病逝，而杨绛身在国外，未能侍奉送终，这成了她终其一生的遗憾。

但在 1935 年的夏天，杨绛心中充满着对未来的向往，以及对新生活的憧憬。此刻，她和钱钟书的伉俪人生才刚刚开启序幕，等待他们的，将是接下来六十多年的矢志不渝、风雨同路。

英国悠长的蜜月期

1935 年 8 月 13 日，新婚刚一个月的钱钟书和杨绛就启程出发去了英国。

杨绛先是和钱钟书一起，从无锡钱家乘车去上海，再搭乘邮轮去英国。火车经苏州时，停在了月台上，杨绛心中突然悲伤异常，有那么一刻，她能清楚地感觉到父母在想她，而她却不能跳下火车，跑回家去再见他们一面，这种揪心的不舍让她泪如雨下。

她本是父母生命中的女儿，如今，却成为钱钟书生命中的妻子，他们将携手相伴，以出发英国留学为起点，一起走过下半生。

钱钟书留学期间，是夫妻二人度过的最快乐的时光，他们以小家庭的模式在国外生活了三年，在没有长辈亲属干涉的环境里，养成了属于自己的生活模式。可以说，钱钟书与杨绛六十多年的夫妻生活，建设在留学时期筑成的稳固基础上。

夫妻新婚后都有蜜月一说，钱钟书与杨绛结婚后远渡重洋来到陌生的英国，在生活上的彼此依赖更加强烈。初到英国的第一年，正是他们婚后的甜蜜期，而这个阶段在甜蜜美好的“二人世界”中，从一个月延长到一年，成为夫妻两人最美好的共同回忆。

杨绛与钱钟书乘坐远洋轮，在海上航行了一个多月才到达英国。下船后，两人先在伦敦小住，等待秋季的到来和牛津大学新学期开学。在伦敦，杨绛和钱钟书见到了留学在外的钱家堂弟钱钟韩、钱钟纬，并在钱钟韩的带领和陪伴下，参观了大英博物馆等著名景点。

之后，在不等学期开始前，夫妻俩就来到牛津。

钱钟书由官方安排，被编入埃克塞特学院，学习英国文学，而杨绛则希望进入女子学院，当时女子学院文学专业已经满员，只能学历史，于是杨绛放弃了攻读学位，而是选择旁听文学类课程。当时牛津很多留学生都穿有黑布背心，背上还有飘带，但杨绛是旁听生，只能穿旗袍上学，她很羡慕那些穿着背心的学生，于是，她将钱钟书的那件小心地保留起来，直到六七年后还完好如新。后来，这件背心被杨绛捐给了国家博物馆。

钱钟书时常说自己“拙手笨脚”，他不单不会系蝴蝶结，拿不好筷子，甚至还会不小心弄伤自己。刚到牛津不久，他就在下公交车时摔到地上，撞断了门牙，只好拔掉断牙，镶上假牙。虽然在生活中迷糊异常，但钱钟书对书籍却情有独钟。

牛津有很多假期，学生们常利用假期出去游玩，只有钱钟书和杨绛一直在图书馆里待了三个学期的假期，才在下个暑假里离校出游。

牛津的总图书馆比清华图书馆还要大，藏书 500 万本，手稿六万卷，钱钟书平时还有功课，但杨绛是旁听生，时间很宽裕，她可以纵情读书，牛津图书馆那满屋满架的文学经典，带给她初到牛津最快乐的岁月。

这段时间，杨绛和钱钟书寄居在老金家中，一间双人房兼起居室，饭食和下午茶都由房东提供。所以学业之外的时间，两人都用来读书，他们阅读的内容包括文学、哲学、心理学和历史等类别，两人还要进行比赛，看谁读的书最多。半年后，到了年底统计时，两人读过的本数基本相同，不过，杨绛把读过的小册子也算一本记录在案，而钱钟书只计算了大部头的书。

杨绛之所以选择在牛津旁听和阅读，不单是因为这里的师资力量和图书馆藏书量，同时也有经济原因。

牛津的学费已较一般学校昂贵，还要另交导师费，房租伙食的费用也较高。假如我到别处上学，两人分居，就得两处开销，再加上来往旅费，并不合算。钟书磕掉门牙是意外事；但这类意外，也该放在预算之中。这样一算，他的公费就没多少能让我借光的了。万一我也有意外之需，我怎么办？我爸爸已经得了高血压症。那时候没有降压的药。我离开爸爸妈妈，心上已万分抱愧，我怎能忍心再向他们要钱？我不得已而求其次，只好安于做一个旁听生，听几门课，到大学图书馆自习。

牛津是个安静的小地方，杨绛和钱钟书每天都出门散步，他们称之为“探险”，杨绛则称这项活动为“玩福尔摩斯”。因为他们走在路上，并不单是看风景，主要是在观察不同的人。这个人是什么职业，今天遇见什么事，心情怎样。钱钟书每次都能猜出大概，很少有失误的时候，这让杨绛非常佩服。

他们的“探险”路线有很多条，可以从寓所到海德公园，从动物园到植物园，或是从西边的富人区走到东边的贫民窟，哪怕是一样的路线，也会遇到不一样的人。当他们兴致勃勃走了一路，回到老金家，便就拉上窗帘各自读书。

开学后，他们的社交活动变得多了一些，但大部分是和师长、同学一起喝午后茶，在大家的指导下，钱钟书学会了做红茶，即使后来回国，每天早上喝一大杯加奶的红茶，也是钱钟书坚持一生的嗜好。但回国后，他们买不到印度产的红茶，杨绛便发明了“三合红”茶，她将三种国产红茶按照比例掺在一起，替代印度红茶。钱钟书很喜欢这种自创红茶，直到他去世，家里的茶叶也没有喝完。

据杨绛回忆，借住在老金家的日子里，一开始伙食还不错，后来越来越差，钱钟书的胃很中国，吃不惯西餐，杨绛便将他能吃的省下给他，但这依然不是长久之计。而且，因为只有一个房间，钱钟书若有客人拜访，杨绛就要牺牲自己的阅读时间，闻着烟味做一名贤妻。

很快，杨绛便想出了办法，她决定寻一处有家具有厨房的屋子，但找了几处都不合意。直到一次散步“探险”时，杨绛在高级住宅区发现了一个招租广告，但再去时又不见了。杨绛不死心，大着胆子一个人去敲门。

女房主是一名爱尔兰老姑娘，名叫达蕾，她打量一下杨绛，又问了问情况，便带着杨绛上楼去看房子。

出租的房子在二楼，卧房和起居室分开，前面是个大阳台，在汽车房的房顶，向下望能看见草坪和花园，厨房和浴室都不大，却是完全独立的。这间房子距离学校和图书馆都很近，虽然房租和水电费用加在一起比之前的房租贵，但还在预算之内。

钱钟书对这间房子也很满意，称这里“绕庐密树缀疏花，经籁钟声绝世哗”。于是1936年新年前后，钱钟书和杨绛搬进了新家。搬家之前，他们提前和附近的食品杂货店说好，每天定时送牛奶、面包和新鲜蔬菜，每两星期结一次账。

杨绛记得新居有一整排衣橱，抽屉也很多。他们在午后搬来，学着使用电灶和电壶烧水，之后又用达蕾租给他们的锅和餐具，简单地吃了晚饭，接着开始收拾衣物、整理书籍，直到深夜，钱钟书累得不行，倒头就睡，而杨绛却因为累，怎么也睡不着。

搬家后的第二天早上，杨绛因为睡得迟还没有醒，钱钟书自己到厨房大显身手，煮鸡蛋、烤面包、热牛奶，还泡了红茶，之后他用小桌端到杨绛床前。刚睡醒的杨绛坐在床上，吃着这顿丰盛的早餐，不禁夸道："这是我吃过的最香的早饭。"从此，钱钟书为杨绛做了一辈子早餐，后来有了女儿，就变成给母女两人做。

搬家后，他们终于有了自己的厨房，钱钟书提出吃红烧肉，相熟的同学教杨绛如何煮肉炖肉。炖肉需用"文火"，杨绛却开足火力，不断添水，炖了一次失败的肉。第二次再做，她吸取经验，买了一瓶雪利酒去腥，撇去血沫后用文火炖肉，果然获得了成功！

杨绛认为，自己"搬家是冒险，自理伙食也是冒险，吃上红烧肉就是冒险成功。从此一法通，万法通，鸡肉、猪肉、羊肉，用'文火'炖，不用红烧，白煮的一样好吃"，后来，她还将羊肉剪成细丝涮着吃，试着回忆以前见过的炒菜办法，自己摸索着炒，慢慢也掌握了一些简单的饭菜做法。钱钟书有时也会帮忙，夫妻两人共同经营着生活，其乐融融。

初到英国的第一学年，是杨绛一生中最轻松快乐的时光，也是读书最用功的一年，这一年，她在友人的花园中拍下一张照片。照片里，她眼含春色、笑靥如花，这是她一生唯一一张大笑的照片。

一晃又到了假期，这次钱钟书和杨绛没有泡在图书馆里，而是打算出去游玩。他们与房东达蕾女士约定，放假后还会回来租住，当时刚有一家租户快要搬走，他们就把行李寄放在那家，轻装出游，到伦敦和巴黎去“探险”。

第四章

我们，成了我们仨

从牛津到巴黎

在伦敦，他们见到了不少同学，之后又乘车到巴黎游玩。

杨绛不记得是在伦敦还是巴黎期间，钱钟书接到政府电报，派他做 1936 年“世界青年大会”代表，到瑞士日内瓦参加会议，但钱钟书和另外两名代表都不相熟。

两人在巴黎时，一名叫作王海经的中国共产党员请他们吃饭，还请杨绛当“世界青年大会”的共产党代表，就这样，杨绛有了自己的与会身份，成为和钱钟书地位平等的代表，而不是随行家属。在开会前夕，钱钟书和她一起，跟着共产党的代表乘夜车抵达瑞士日内瓦。

除了参与“世界青年大会”的重要会议，杨绛和钱钟书一有机会就逃到外面去“探险”，从瑞士回到巴黎后，夫妻俩在巴黎又游览了两个星期。

当时他们的同学盛澄华等人在巴黎大学读书，按照规定，在巴黎大学攻读学位要有两年学历，所以大家都劝杨绛和钱钟书早些注册入学。于是，在返回牛津前，杨绛和钱钟书就拜托盛澄华代办了注册入学的手续，从 1936 年秋季开始，他们成了巴黎大学的学生。

三个月的暑假结束，杨绛和钱钟书回到伦敦，发现达蕾女士这次租给他们的房子比之前的更好，浴室里有新式澡盆，但烧水的用电量相当惊人。

杨绛依旧负责照顾钱钟书的生活，她每天要准备两个人的饭菜，当然，有时做饭做得烦了，她也会想，假如人们不用吃饭，就会过得更轻松更快活。

钱钟书虽然嘴上反驳着那样没意思，但暗地里还是心疼妻子的，他常常主动帮厨，替杨绛分担一些家务。

回到牛津后不久，杨绛怀孕了。

钱钟书非常高兴，不断嘱咐杨绛道："我不要儿子，我要女儿——只要一个，像你的。"不过，杨绛却并不希望孩子像自己，她也想要个女儿，但那女儿要像钱钟书才好。

因为怀孕时反应较大，那一年杨绛读书的数量变少了，她心里很愧疚。钱钟书一方面笑她，一方面却比杨绛还重视，他提前许久就陪着杨绛去牛津的产院定了单人病房，并找到产院院长，希望她能介绍一名专家。

见钱钟书与杨绛都是中国人，考虑到保守观念，院长问钱钟书："要女的?"

钱钟书则答："要最好的。"

于是院长推荐了斯班斯大夫，他住得离钱钟书和杨绛的寓所很近。斯班斯大夫检查之后说，认为杨绛的孩子会是个"加冕日娃娃"，因为预产期刚好在 5 月 12 日，乔治六世加冕大典的日子。

可是过完预产期又拖了几日，这个"加冕日娃娃"还是没有半点动静。18 日，杨绛有了临产迹象，被送进产院，可是折腾到 19 日，孩子依旧没有出世，杨绛疼得不行，却一声也没有叫喊，因为她清楚得很，知道叫了也还是会疼。可是，她的淡定让身边的护士都很惊讶，甚至在后来追问她："中国女人都通达哲理吗？""中国女人不让叫喊吗？"

考虑到情况危急，大夫决定为杨绛进行剖腹产。当杨绛从麻醉中醒来，发现自己被包在法兰绒包里，脚后还垫着热水袋，而孩子已经出生了。

接着，一名护士抱来婴儿让杨绛看，据说出生时已经憋得浑身发青，是被她拍回来的，又说杨绛的孩子是在牛津出生的第二个中国婴儿，但当时麻醉的药力还没有过去，杨绛说不出话，很快又昏昏睡去。

杨绛生产那天，钱钟书跑来产院四次。

第一次知道生了女儿，但不让探望，第二次，知道杨绛因为麻药还没有醒，第三次来则见到了杨绛，当时杨绛身上的绒包已经拆开，但人还是昏昏沉沉，没办法聊天。直到第四次再来，这时钱钟书已经来回步行了七趟。

那时已经过了午后茶时间，杨绛彻底清醒，护士将婴儿抱出来，让钱钟书看。钱钟书很仔细很用心地看了很久，然后很得意地说："这是我的女儿，我喜欢的。"

这个女儿就是钱瑗，最初钱基博给孙女取名字为"健汝"，小名"丽英"，但钱钟书和杨绛觉得这个名字拗口，私下里都唤女儿为"圆圆"，大名则叫"钱瑗"。因为她在出生时哭声特别大，护士们都称她为“Miss Sing High”，音译为“星海小姐”，意译则可以解释为“高歌小姐”。

杨绛的体质较弱，产后在医院住了近一个月的时间，这期间钱钟书一个人在家。每天到产院探望杨绛，他总会带来“坏消息”。比如有一次他不小心将墨水瓶打翻，染了房东家的桌布等。

杨绛则说：“不要紧，我会洗。”

“墨水呀！”钱钟书又强调。

“墨水也能洗。”

于是钱钟书仿佛得到了安慰，放心地回家去了。之后的另一天，他又会苦着脸跑来，告诉杨绛他“做坏事了”，砸坏了台灯。

杨绛便问是什么样的灯，问清楚后便说：“不要紧，我会修。”

再来探病时，钱钟书还是愁眉苦脸，因为这次他弄坏了门轴，门两侧的两个门球有一个掉了，关不上门，杨绛依旧会说：“不要紧，我会修。”

钱钟书对杨绛口中的“不要紧”，总是非常相信，因为她每次都能想办法解决难题。当他们利用假期在伦敦“探险”时，钱钟书曾生了一个疔，刚好长在额骨上，幸好有朋友介绍了一名英国护士，在护士的指导下，杨绛学会了热敷。她每隔几个小时就要给钱钟书做一次热敷，并安慰他说："不要紧，我会给你治。"几天后，那疔果然被连根拔去，连疤痕都没有留下，钱钟书高兴感激之余，更是对杨绛心服口服，只要她说"不要紧"，他便深信不疑。

杨绛出院前两天，护士带杨绛乘电梯到楼下参观普通病房，那是一个大房间，住着32位妈妈和33个婴儿，其中一对是双胞胎。这些孩子都躺在睡篮里，被挂在妈妈的床尾，见到这样的场景，杨绛心里很羡慕，因为她只能听见孩子哭，却不能在床尾看到孩子。

为了出院后能自己照顾孩子，护士教她给婴儿洗澡穿衣，杨绛很快就学会了，只是没有护士那么熟练。

杨绛出院后回家，钱钟书令人感动地端来一碗香浓的鸡汤，表面还飘着新鲜的蚕豆。向来"拙手笨脚"，自顾不暇的钱钟书，不知花了多少时间和精力，为妻子学会了炖鸡汤。从此，女儿吃奶，杨绛喝汤，钱钟书吃肉，这和谐温暖的一幕，直到多年之后，杨绛依然能清楚地记起来，仿佛就发生在刚才一般。

因为心疼杨绛生产时受的罪，每到女儿生日时，他总会对阿圆说，那是"母难之日"。

杨绛和钱钟书很疼女儿，在没有计划生育的时代，他们却只有一个女儿。在杨绛后来写下的《记钱钟书与〈围城〉》，说起了其中的原因。

钟书的“痴气”也怪别致的。他很认真地对我说：“假如我们再生一个孩子，说不定比阿圆好，我们就要喜欢那个孩子，那么我们怎么对得起阿圆呢。”提倡一对父母生一个孩子的理论，还从未讲到父母为了用情专一而只生一个。

不过，除了这个原因，当时社会的动荡也占据了很大因素。虽然只有一个女儿，但杨绛和钱钟书必定是幸福的：他们深爱着彼此，看着女儿一点点长大，看着她身上不断彰显着属于对方的特质，看着她越来越像彼此喜爱的样子，那是一种多么充实而满足的幸福啊！

从此，他们是美满的“我们仨”，因为杨绛的贤，因为钱钟书的痴，因为圆圆的全部。

杨绛的贤，正在于那句“不要紧”，而钱钟书的痴，则表现在他孩子气的顽皮上。杨绛回忆起钱钟书的捣蛋时，讲过一件事。

钟书的“痴气”书本里灌注不下，还洋溢出来。我们在牛津时，他午睡，我临帖，可是一个人写写字困上来，便睡着了。他醒来见我睡了，就饱蘸浓墨，想给我画个花脸。可是他刚落笔我就醒了。他没想到我的脸皮比宣纸还吃墨，洗净墨痕，脸皮像纸一样快洗破了，以后他不再恶作剧，只给我画了一幅肖像，上面再添上眼镜和胡子，聊以过瘾。

就是这样一个“拙手笨脚”、状况频出的钱钟书，在学业上却应付自如。女儿出生后不久，他便顺利通过论文口试，论文也得到了认可，成功领到文学学士的文凭。

就这样，杨绛和钱钟书结束了牛津的生活，收拾行李，一家三口踏上了前往巴黎的旅途。

精神上的门当户对

每当后人说起钱钟书和杨绛的婚姻，都称赞他们是门当户对的文坛双璧，但在晚年写成的《钱钟书生命中的杨绛》里，杨绛却直言他们并非如此。

其实我们两家，门不当，户不对。他家是旧式人家，重男轻女。女儿虽宝贝，却不如男儿重要。女儿闺中待字，知书识礼就行。我家是新式人家，男女并重，女儿和男儿一般培养，婚姻自主，职业自主。

钱钟书的父亲钱基博是个传统的人，他认为钱钟书过于孩子气，应该寻一位严肃的妻子，好好管教，而杨绛却是

"洋盘媳妇"，和他最初设想的旧式风格相去甚远。

钱基博曾说过，杨绛婚后不需要出去工作，安心地待在家里相夫教子便好。这自然是传统家庭对已婚女子的想法，而且钱家也确实有实力再多养一口人。可是，向来新潮的杨荫杭却不高兴了："钱家倒很奢侈，我花这么多心血培养的女儿给你们钱家当不要工钱的老妈子！"

从两位父亲对杨绛婚后生活的观点来看，钱、杨两家虽都是当地大户，但观念上岂止门不当户不对那么平和，简直是针尖对麦芒的碰撞。

不过，杨绛倒是不觉得怎样，嫁入钱家时三叩九拜，她却只当是跪一下的礼节，和鞠躬没什么区别，既然都是形式上的细节，根本无须计较。

事实上，虽然接受的是西式教育，但杨绛对长辈依然敬重有加。后来她和钱钟书一起回家，与钱氏大家住在一处时，杨绛细心侍奉公婆，对家人也很和善，深受公婆喜爱，钱基博夸她"安贫乐道"，还问起老妻，若是自己去世，她愿意跟谁同住？杨绛的婆婆答："季康。"杨绛听说后，觉得这是婆婆对她最大的夸奖。

杨绛为钱钟书付出了很多，从清华肄业和他一起留学海外，战争时期任劳任怨地和他一起支撑钱家，那些在他人看来很苦很委屈的事，她却并不觉得怎样。关于这一点，杨绛做出了如下回答。

为什么？因为爱，出于对丈夫的爱。我爱丈夫，胜过自己。我了解钱钟书的价值，我愿为他研究著述志业的成功，为充分发挥他的潜力、创造力而牺牲自己。这种爱不是盲目的，是理解，理解愈深，感情愈好。相互理解，才有自觉的相互支持。

正是因为杨绛与钱钟书彼此理解，才会互相欣赏、吸引、支持，乃至互相鼓励。

钱钟书爱旧体诗，杨绛中学时诗文习作便是优等，但她依旧认为自己的诗只是“押韵而已”，但他们可以一起玩背诗游戏，找到诗句中用法欠妥的字，因为那些使用“妥帖的字，有黏性，忘不了”。

他们都痴迷于读书，交流“读后感”是再常见不过的活动。有了文学上的交流，日常柴米油盐的琐碎反而成了点缀，变成了增添生活气息的调味品。

杨绛和钱钟书在文学上的交流，从来不会只局限于高深的学术专著。杨绛悟性很高，联想能力极强，两人交流心得时，她常会冒出灵光一闪的想法，这些想法甚至可以启发钱钟书。比如杨绛曾在一名英国诗人的作品中，发现了表意与苏东坡“众星烂如沸”的诗句，读雪莱的诗，认出一句刚好表达了“鸟鸣山更幽”的意境，根据杨绛的这些发现，钱钟书后来写下《谈中国诗》，提到中西方诗作不但内容上经常相同，作风也往往相合。

杨绛与钱钟书最爱看的是侦探小说，杨绛更是各类小说都喜欢读。钱钟书与杨绛不同，什么书他都能看得津津有味，看过之后还要讲给杨绛听。他讲故事的能力很强，有时讲到兴奋处，便开始自己往下继续编，这时，杨绛就算很累，也会“嗯啊”地回应，配合钱钟书讲故事的兴致。

虽然在才学上，杨绛和钱钟书两人可谓并驾齐驱，但在生活上，钱钟书却是笨拙的。他的笨拙一半源于天性，另一半则大约和小时候的经历有关。

钱钟书虽然是钱家长子，但出生不久便被过继给了伯父。伯父虽然疼他，却很早便去世了，伯母对他并不关心，每天早上让丫头将变馊的剩粥热一热，钱钟书吃了便去上学。

到了雨天，弟弟们都有皮鞋穿，钱钟书只有伯父的大钉头鞋，鞋子实在太大，钱钟书便在鞋尖前面塞上纸团，将就着穿。

在学校，写字的笔尖断了，他便找来一根毛竹，削尖之后蘸着墨水用，写出来的字连成一片十分模糊，因此还被老师责骂。

钱钟书的生父便是钱基博，他为人严肃，平时给钱钟书写信，也只是指导他做学问，从不问生活上的事。至于母亲，虽然对他颇多挂念，但觉得既然已经将钱钟书过继给别人家，就不该过多干涉。

所以，自从伯父去世，钱钟书便过起了没人疼的日子，但大约是年纪小，当时的他并不觉得特别难熬。不过，对比杨绛的童年，钱钟书常常感叹："你的童年比我的快活得多，我小时候的事，不想也罢，想起来只是苦。"

在钱钟书的成长经历中，因为缺少慈母的存在，造成了他在情感上的缺憾。幸运的是，他遇见了杨绛，她在他的生命中，扮演着妻子、情人和朋友三种看似完全无法共存的角色，同时，在钱钟书的内心深处，杨绛还有另一个身份。

在生活上，他对杨绛是依恋的，他们的女儿圆圆出生后，他时常会跟着圆圆一起喊杨绛："娘！"一次厨房失火，圆圆吓得跑出来大叫："娘，不好了，不好了。"钱钟书跟在后面，孩子气地也跟着大叫："娘，不好了，不好了。"

钱钟书是天真的，正是因为这份天真，他成了女儿最亲密的玩伴，而杨绛深知一个人能保持天真有多么不易，她用尽力气，想要保护钱钟书的那团“痴气”。她守护了他一辈子，而钱钟书一辈子天性未改，永远带着一股天真的“痴气”。

杨绛和钱钟书的“门当户对”，藏在他们的精神深处，是直达灵魂的平等和契合。他们理解和懂得对方，所以能看到对方大大的好，包容对方小小的缺点，在婚后六十多年的岁月里，一直远离“差评”的泥沼，修炼成世人艳羡的一对文坛眷侣。

《围城》中，对于婚姻有一个世人皆知的比喻：婚姻就像围城，城外的人想进来，城里的人想出去。可是，这不是杨绛和钱钟书的婚姻。

在他们相濡以沫的时光里，有那么一次，杨绛读到英国一位传记作家的作品时，发现了这样一段话：“我见到她之前，从未想到要结婚；我娶了她几十年，从未后悔娶她；也未想过要娶别的女人。”

在杨绛看来，这段话精确地概括了最为理想的婚姻状态，于是她将它念给钱钟书。

“我和他一样。”钱钟书想也不想地说。

“我也一样。”杨绛紧接着回答。

在古月堂的第一次相遇之前，杨绛和钱钟书从未想过结婚；他们携手走过的六十多年长路中，他们更从未后悔过。这便是杨绛和钱钟书的婚姻，是无论贫富、战争、疾病、死亡都无法改变的、源自精神和灵魂的门当与户对。

第三卷
飘蓬本是东归雁

第一章 在战火纷飞时回国

巴黎——再见了，和平

相比英国文学，杨绛对法国文学的兴趣更大一些，不过这一次，钱钟书和杨绛不打算攻读学位，而是想将时间用在自由地阅读上。

1937 年 8 月，在圆圆出生百天左右，“我们仨”乘火车从牛津到伦敦，再换车到多佛港，乘渡船过海，从法国加来港进入法国，之后再坐上火车到巴黎，搬入了朋友在巴黎近郊找好的公寓。

那时的圆圆穿着半长的婴儿服，乖乖地睡着，很漂亮。一位乘客见了，夸她是“a China baby”，既有中国娃娃的意思，也可以理解为瓷娃娃，杨绛对这样的夸奖十分受用。

钱钟书不会抱孩子，两人便将需要手提的东西都放在大箱子里，钱钟书只拿着两个小箱子，若是杨绛抱累了圆圆，还可以和他换一下。

到了法国加来，港口管理员刚一上船，就看见她抱着圆圆站在那里，便请她出来优先下船，其他乘客则要排队下船。

杨绛第一个来到海关，很快钱钟书也来了，海关人员很喜欢圆圆这个“中国娃娃”，连行李都没有打开检查，笑嘻嘻地直接画上“通过”记号，让杨绛感到十分温暖。

杨绛和钱钟书在巴黎大学报名交费，入学旁听，但并不是每课必听，而是完全按照自己的兴趣大量地进行阅读。摆脱了学位的束缚，钱钟书放开胆子恣意汲取，杨绛除了照顾圆圆，其余时间也都用来读书。

巴黎有很多中国留学生，他们经常在咖啡馆小聚，有时候，杨绛和钱钟书也会到咖啡馆去，或者去逛旧书摊，练习语言，感受当地人的文化氛围。

此时的圆圆已经长成了可爱的小人儿，正是爱玩爱模仿的年纪。杨绛和钱钟书给她买来一个高一些的凳子，还用很低的价钱买了本字小书大的丁尼生全集。圆圆总会坐在凳子上，学着杨绛和钱钟书的样子看书，还会用铅笔在上面乱画。

对于那时的圆圆，杨绛印象很深："女儿很乖。我们看书，她安安静静自己一人画书玩。有时对门太太来抱她过去玩。我们买了推车，每天推她出去。她最早能说的话是'外外'，要求到外边去。"

在巴黎的这一年，因为没有学业压力，杨绛有更多时间了解欧洲各国的文化、风俗和语言特点。她对于欧洲语言熟练的运用能力，也是在这段时间掌握的。

彼时，整个世界都很不太平，第二次世界大战已经爆发，日本对中国展开了大规模侵略，无数城镇毁于战火之下。

国内的形势牵动着杨绛和钱钟书的心，钱钟书平时没什么家信，但杨绛的信却很多。从报纸上得知苏州沦陷后，杨绛更是日夜牵挂家里，望眼欲穿地等待着家中的来信。

但杨绛当时还不知道，1937 年，日本侵略者第一次空袭苏州时，有一架飞机盘旋在他家大厅上空，大约是因为“一文厅”比普通民居高大，被当作了某个机构进行轰炸。

遭遇轰炸时，杨荫杭、唐须嫈带着她的大姐和小妹从前院躲到后园，又躲回前院，全家人都紧张得腹泻，吃不下东西。第二天，杨荫杭和唐须嫈便带着两个女儿，同杨绛的二姑母、三姑母一起逃到郊外香山，暂时住进杨荫杭在担任律师时认识的当事人家里。

1937 年秋，唐须嫈染上“恶性疟疾”，高烧不退，无法继续外逃。若在平时，也许还能医治，但战火纷飞，连医生都找不到。唐须嫈奄奄一息，此时侵略者的枪炮已经对准了香山，杨荫杭打定主意，要守着唐须嫈同归于尽。

也许是唐须嫈舍不得让一家老小陪她一起丧命，她没有撑到香山失陷便去世了。杨荫杭悲痛欲绝，他拿出仅剩的几担白米换了一副棺材，又就近借来一块坟地，准备安葬唐须嫈。

唐须嫈去世的第二天，阴雨绵绵，荒野里，杨荫杭大放悲声。他和两个女儿一起，将唐须嫈入殓，又想尽办法请人在棺材外砌了小屋。等葬下唐须嫈，杨荫杭担心战乱后找不到埋葬的位置，便在棺木上、砖头上、瓦片上、树木上、石块上写字，只要能写的地方，全都写上自己的名字。

相伴40年的妻子去世了，但两个女儿还在，杨荫杭就算万念俱灰，心里就算再多不舍，也只能先带着女儿逃往别处。

苏州沦陷后，杨绛与家里的通信中断了很长时间，后来再收到信，却总觉得少了什么。平时向来关心她的母亲，如今却不声不响了。

在杨绛不断去信再三盘问之下，大姐终于回信告诉她，母亲去世了。大姐在信中讲述了母亲下葬时的情景，杨绛读着读着便失声痛哭，钱钟书一直守在她身边，不断劝慰。

后来，杨绛在《我们仨》中写道："我至今还记得当时的悲苦。但是我没有意识到，悲苦能任情啼哭，还有钟书百般劝慰，我那时候是多么幸福。"当时的杨绛并不知道，从那之后，她将失去一个又一个亲人，那连成长河的生离与死别，越积越深，终于凝聚成人生的泪海。

杨绛与母亲的接触并不多，对她的回忆也仅有几件事，也许正是因为少，杨绛才记得尤为深刻。她记得那时苏州庙堂巷的房子刚修建好，母亲便应她的要求，在杏树下架了一个高高的秋千架，挂了两个秋千，旁边还有一个荡木架，她常在那里看书、望天、发呆。

她也记得有一年，园子里的三棵芭蕉树各开一朵"甘露花”，听说吃“甘露”能让人长寿，几个兄弟姐妹便每天早上爬梯子去摘那花瓣。但杨荫杭是懒得理睬的，只有温柔的母亲每次都会吃下那一滴汁水。

她甚至记得四五岁时，有一次剥了一小碗瓜子仁，央求母亲吃掉，平常母亲都会做了个姿势假装吃过了，但那次杨绛要母亲“真的吃”，当她看到母亲吃掉了所有的瓜子仁，那种专属于孩子的惊喜和得意，令杨绛终生难忘。

母亲去世的消息，加剧了杨绛对故园的思念，虽然庚子赔款的奖学金可以延长一年，但杨绛和钱钟书已经不能再等。1938 年早春，在巴黎学习还不满一年，夫妻二人决定结束留学回国。

当时，中国大地已经有大半沦陷，很多人认为杨绛和钱钟书的决定简直是在冒险，事实上，杨绛和钱钟书都明白回国将面临怎样的考验，钱钟书在给友人的信中写道：“我们将于九月回家，而我们已无家可归……我的妻子失去了她的母亲，我也没有任何指望能找到合意的工作，但每个人的遭遇，终究是和自己的同胞联结在一起的，我准备过些艰苦的日子。”

可是，他们依旧决定回去，回到满目疮痍的祖国，在国难来临之际，与祖国人民站在一起，经受战火的考验。

当时受战争影响，船票已经很难买到，在朋友的帮助下，杨绛和钱钟书买到两张三等舱的船票。1938 年 9 月，杨绛和钱钟书带着女儿圆圆，登上法国邮船，驶入了回国的航线。

整个旅程持续了二十多天，三等舱的伙食几乎顿顿是土豆泥。当时圆圆刚断奶两个月，杨绛又没有准备其他奶制品，一路下来，圆圆从圆滚滚的胖娃娃，变成了一个不胖也不壮的小娃娃，杨绛看在眼里心疼不已，一直在懊恼自己的疏忽。

钱钟书离开巴黎前，写信回国内谋求工作。出发前，他收到西南联大文学院院长冯友兰的回信，聘请他出任外文系教授。

抗日战争爆发后，北大、清华、南开三所大学迁往云南昆明，组成“西南联合大学”，接到钱钟书的信，当时的文学院院长冯友兰上书清华大学校长、当时的西南联大常委梅贻琦，为钱钟书争取了教授头衔，以及与华罗庚等人一样的月薪。按照清华的规矩，刚回国内的留学生只能担任讲师一职，而钱钟书直升二级破格担任教授，这种情况实属罕见。

在船上时，杨绛便将钱钟书的书本、笔记以及衣物单独分装，船到香港，钱钟书提前下船，他要乘船先到越南，再换铁路辗转进入云南。

圆圆才刚刚一岁多，杨绛心里又记挂父亲，便没有跟随钱钟书同行。这是他们婚后的第一次离别，杨绛抱着圆圆，在甲板上目送钱钟书乘坐的渡船离开。那时圆圆还不会说话，杨绛也不知该如何向她解释，勉强压下心中的担忧和愁绪，杨绛带着圆圆，继续随船赶往上海。

那时，“八一三”事变已过，上海沦陷，日军在南市、闸北、虹口多地设立关卡，将上海四面包围，虽然城内尚存部分租界，但上海已经成了一座“孤岛”，而祖国大地硝烟滚滚，没人知道明天会发生什么，也没人知道自己能不能活过明天。

就是怀着这样的觉悟，杨绛和钱钟书踏上了神州大地，回到了他们阔别三年的祖国。

破碎的山河家园

1938 年秋，杨绛回到上海，但祖国已经面目全非。枪炮轰塌了温暖的家园，战火烧毁了回忆的美好，曾经无所不能的母亲唐须嫈早已亡故，性情古怪向来不受欢迎的三姑母杨荫榆，也死在了日寇的枪下。

那是1937年年末，杨荫杭带着女儿和妹妹东躲西藏，最后实在没地方可去，便冒险跑回了苏州老家。家虽然还在，但大部分有用的东西都被人搬走了，幸好还有些存米，一家人的生计暂时得以维持。

每到黄昏，日寇都要吹号归队，之后他们便挨家挨户地寻找漂亮的“花姑娘”，为了安全，杨绛的姐妹全都剃成了光头，改穿男装。吃晚饭前后，日寇来得最多，不断有人拍门。因为杨荫杭会说日语，就由他一个人开门应答，女儿们则躲进柴堆，连碗和筷子都小心地藏好，就这样熬过一天又一天，总算没被掳走，逃过此劫。

杨荫榆跟随哥哥逃回苏州后，一直住在盘门，她脾气虽然古怪，但正义感很强。盘门周围住着很多普通人家，屡遭日寇侵扰。杨荫榆便去找当地的日本军官，谴责他纵容部下，肆意奸淫劫掠。不知是她流利的日语起了作用，还是她据理力争的态度震慑了日本军官，那军官真的下令要士兵将抢来的财物退给百姓。于是，杨荫榆成了大家的救星，为了躲避寻找“花姑娘”的日寇，邻居家的妇女都躲到杨荫榆家里。

见杨荫榆日语流利，日本军官想要拉拢她“维持治安”，于是邀请她参加“维持会”，不料被杨荫榆断然拒绝。她的做法引起了日本人的不满，1938年1月1日，两名日寇来到杨荫榆家，将她骗出家门，等她走到一座桥顶，一名日寇向她开枪，另一名则将她扔进了河里。

杨荫榆当时并没有死，她挣扎着拍打水面，两名日寇发现杨荫榆还在游泳，便连发几枪，直到桥下的河水泛红，他们才扬长而去。

日寇走后，一名好心的木工把杨荫榆的遗体从水里捞出，简单地进行入殓。到家属领尸时，发现棺木太薄不能用，既不能更换棺材，也找不到大棺材套在外面，只能在棺材外面又加钉了一层厚木板。

经过这些变故，杨荫杭大受打击，整个人委顿了许多，每晚需要服用安眠药才能入睡。

杨绛乘船抵达上海后，由钱钟书的弟弟等人先接到钱家，他们当时住在辣斐德路（今复兴中路）上。杨绛到钱家时已是黄昏，见到了公婆、叔婶以及众多妯娌、小叔、小姑，等等。杨绛只在钱家过了一夜，便带着圆圆赶往杨荫杭那里，见到了父亲和姐妹。圆圆虽然不会说话，但她似乎明白这些都是和她最亲的人，既没有哭闹，也没有表示抗拒。

见到父亲，杨绛发现他苍老了许多，因为长期服药的缘故，他精神很差，眼睛也没了往日的神采。不过，见到杨绛归来，杨荫杭非常开心，当时他正跟着杨绛的三姐姐住，三姐姐家住的带花园的大洋房，但杨荫杭怕杨绛住在婆家受屈，便毫不犹豫地搬出来，自己租了一套小房子，和杨绛母女俩一起住。

当时，钱家和杨家都逃到上海这座“孤岛”上，住在法租界里。两边的住所都不宽裕，杨绛带着圆圆，有时挤在钱家，有时挤在杨荫杭的小房子里，她更多的是和父亲同住，但也要经常带上圆圆去钱家“做媳妇”。

杨绛在钱家没有能单独休息的地方，去了那边还要帮婆婆做家务，弟媳们都抱怨说媳妇不好当，杨绛却从来没有抱怨过，就连钱钟书的婶婶见了都夸她孝顺，是个贤妻。

在《回忆我的父亲》中，杨绛写下了自己回国后的所见。

一九三八年十月，我回国到上海，父亲的长须已经剃去，大姐姐小妹妹也已经回复旧时的装束。我回国后父亲开始戒掉安眠药，神色渐渐清朗，不久便在震旦女子文理学院教一门《诗经》，聊当消遣。

因为担心父亲，杨绛就算住在钱家，每天也都会去看望杨荫杭，她的三姐和七妹也经常回来，杨荫杭因此高兴地说：“现在反倒挤在一处了！”

战争中的相濡以沫，拉近了彼此的距离，杨绛对父亲也有了更深的了解，而圆圆更是得到杨荫杭的万般疼爱。虽然那段时间的生活是艰难的，但对于杨绛来说，只要和父亲姐妹在一起，不论有多少辛苦，都会被说笑声冲散。

父亲在上海的朋友渐渐减少。他一次到公园散步回家说，传杨某（父亲自指）眼睛瞎掉了。我吃惊问怎会有这种谣言。原来父亲碰到一个新做了汉奸的熟人，没招呼他，那人生气，骂我父亲眼里无人。有一次我问父亲，某人为什么好久不来。父亲说他“没脸来了”，因为他也“下海”了。可是抗战的那几年，我父亲心情还是很愉快的，因为愈是在艰苦中，愈见到自己孩子对他的心意。他身边还有许多疼爱的孙儿女——父亲不许称“外孙”或“外孙女”，他说，没什么“内孙”“外孙”。他也不爱“外公”之称。我的女儿是父亲偏宠的孙女之一，父亲教她称自己为“公”而不许称“外公”。缺憾是母亲不在，而这又是唯一的安慰，母亲可以不用再操心或劳累。有时碰到些事，父亲不在意，母亲料想不会高兴，父亲就说，幸亏母亲不在了。

这是从《回忆我的父亲》一文中节选的回忆，虽然战争的阴云依旧笼罩着祖国大地，但只要一家人还聚在一起，就让人信心百倍，坚信所有的难关都能闯过，所有的美好都会来临。

一位校长的上任与卸任

回国后没多久，杨绛想找一份差事，既能将自己读的书派上用场，也可以挣些钱，贴补家里的经济开支。但当时正值战乱，她又坚决不肯做与日本侵略势力沾边的工作，所以可选的工作就少了大半。

杨绛正发愁时，原来振华女中的校长王季玉找到她，提出想在上海租界筹办一所振华分校，希望杨绛能够帮忙。

振华女中的创始人是王季玉的母亲，到王季玉时代，振华已经成为江浙地区有名的女子学校，苏州被攻陷之后，王季玉为了保护学校不被敌人接管，忍痛停办学校，带领校内职工将学校的书籍和教学仪器转移到农户家中。

王季玉素来以振华为家，她终身未婚，甚至常说“我已嫁给了振华”。当她找到杨绛，请求她“扶一把”振华时，杨绛于心不忍，答应下来。但她后来才知道，王季玉口中的“扶一把”，是要她担任振华分校的校长。而且，按照王季玉的说法，这是校董会决定的，而且已经在教育局立了案。

得知此事，杨绛有心推脱，在父亲灌输给她的观念里，读书人做官无异于“狗耕田，牛守夜”。可当她向杨荫杭提起此事，曾担任过振华校董的杨荫杭却说：“此事做得。”虽然他一向不喜欢儿女做官，但他认为这样的官不一样。

倒是钱基博对这件事很反对，甚至说：“谋什么事？还是在家学学家务。便是做到俞庆棠的地位，也没甚意思。”俞庆棠在当时是有名的女教育家，杨绛见钱基博反对得厉害，当时没有反驳，而是选择了沉默。但最终，她还是选择了走马上任，成为振华分校的校长。

刚开始杨绛毫无经验，在王季玉的指导下，她从找房子开始筹备，经过一年奔波努力，到了1939年秋，上海振华分校正式开学，很快，王季玉离开上海，将分校的校务放心地委托给杨绛处理。

做校长不是一件轻松事，尤其是在战争时期，杨绛除了要应对教师和家长，还要给当地的地痞流氓交“保护费”。所幸的是分校里有不少老职工，之前成熟的教学系统得以延续，杨绛又善于学习、刻苦要强，开校半年后，振华分校便走上了正轨。

担任校长的同时，杨绛还兼任高三学年的英文老师，每天回家后都有试卷要批改，惹得圆圆很不高兴。她虽然一向很乖，但她毕竟只有两岁，也许在她心里，那些试卷抢了她的妈妈，因此怪罪在试卷头上。当杨绛在晚年回忆起这个场景时，依旧记得圆圆眼角的眼泪，那是她对女儿深深的歉疚。

杨绛在上任前已经和王季玉约好，校长的职务她只干半年。此时半年时间已过，杨绛提出辞职，但王季玉不肯答应，杨绛没办法，只好答应再做半年，为此，她深感疲累。

用杨绛的话说，那是她最苦恼的经历：担任校长，凡事都需要决断，甚至是“专权”，但这是她不擅长的，她一生做过很多职业，却都是“在群众中”，与群众在一起的。

因为自己的性格不适合行政工作，又坚持了半年后，杨绛很坚决地向王季玉提出了辞职。事实上，无论是对振华，还是对老校长，杨绛都怀着深深的感情，后来，她写下小说《事业》，主角周默君的形象就是按照王季玉描写和刻画的。

在振华期间，杨绛经朋友介绍，为广东一名富商家的小姐做家庭教师，教授高中的全部课程。她常常一早就出门，吃晚饭前才能回家。那时杨家由大姐寿康当家，小妹妹杨必正在读高中，圆圆每天在家，非常乖巧，杨绛的三姐、七妹经常带着孩子回杨家，对圆圆也很喜欢，大家都叫她“圆圆头”。

杨绛的三姨住在楼上，一家人常去看望，杨绛表姐家的女儿比圆圆大两岁，正在学上下两册的《看图识字》，每次圆圆都坐在小桌对面，跟着旁听。

杨绛见圆圆喜欢《看图识字》，给她也买了两册，谁知圆圆拿到书，直接倒过来放着，从头到尾念下来，一个字都没有错。原来，所有的字圆圆都认得，但因为她是坐在对面旁听的，她看的字全是颠倒过来的。

那时圆圆刚两岁半，杨荫杭认为只要不管她，慢慢就会忘掉，可杨绛的大姐寿康坚持要纠正圆圆，于是又买了一匣子的方块字，慢慢教她，圆圆也聪明，只看一眼便认识，不需要温习。

圆圆很得杨荫杭宠爱，杨绛兄弟姐妹没有一个人和父亲同床睡过，但在上海，虽然床很小，她却总和杨荫杭一起午睡。杨荫杭有个宝贝，是唐须嫈用席子包成的小耳枕，刚好在中间留出放耳朵的窟窿，他平时连碰都不许别人碰，却给了圆圆枕着睡。

因为杨绛的归来，杨荫杭一家的生活变得更加稳定。杨荫杭振作精神之后，第一个想到的便是唐须嫈。1939 年，战火仍在纷飞，杨荫杭不顾危险，乔装打扮跑回香山，幸运地找回唐须嫈的灵柩。

那一年秋天，杨绛的弟弟从国外回来，那时杨家在苏州城外灵岩山的“绣谷公墓”买下一块墓地，杨荫杭带着几个孩子一起回到苏州，安葬唐须嫈。在1938年年初被日寇枪杀的杨荫榆，也在同一天下葬，她的墓地是由杨绛的二姑母买下的。在《回忆我的姑母》中，杨绛写了当时的细节：“我看见母亲的棺材后面跟着三姑母的奇模怪样的棺材，那些木板是仓促间合上的，来不及刨光，也不能上漆。那具棺材，好像象征了三姑母坎坷别扭的一辈子。”

杨绛离开振华后，到工部局小学做了代理教员。她只用了三堂课时间，就记住了全班同学的名字，孩子们既受到了尊重，又很佩服她，马上变得又乖又听话。正因为如此，在小学的三年多时间里，她总是在教一年级的学生，想办法让这些刚上学的淘气鬼变成好学的学生。

到了晚年，杨绛将自己从振华校长变成小学教员的经历写进《走到人生边上》，她觉得自己28岁便做了中学校长，这便是命，因为她上任的时候万事顺遂，想要辞职却是难上加难。但她还是“逃”了出来，多年后再回忆起往事，她这样写道：“这不是不得已，是我的选择。因为我认为我如听从季玉先生的要求，就是顺从她的期望，一辈子承继她的职务了。我是想从事创作。这话我不敢说也不敢想，只知我绝不愿做校长。我坚决辞职是我的选择，是我坚持自己的意志，绝不是命。”

在杨绛的比喻中，若命运和造化是一条船，而运势前途则可以称作河流，船虽然在河里走，但若是因为河流不畅，行将搁浅或倾覆时，船上还有个“我”可以想办法，这个我，便是可以与天命相对抗的人的“个性”。

大多数人提到命运时，都会有种无可奈何、身不由己的感觉，但在杨绛看来，那些处境使然不由自主的事，到了关键时刻，决定权还是在自己手里。她不仅是这样认为，也是照此行动，她在众人不解的目光中，脱去振华校长那令人羡慕的外衣，重新融入群众之中，从一名普通教员开始，慢慢探索自己的文学之路。

第二章
动荡中的相依相伴

从今以后，再无生离

从法国回来的船上，杨绛带着女儿与钱钟书告别，那之后的几年里，他们聚少离多，各自在艰难的时日里顽强生活。

杨绛身在上海，身边有乖巧可爱的女儿，还有父亲和姐妹；钱钟书却是独自一人，离开了杨绛细心体贴的照顾，日子过得很难熬。

钱钟书在西南联大时，深受学生欢迎，见到同事也是微笑招呼，但他的内心却苦涩无依，从妻女在侧到高原独居，钱钟书备感寂寞，甚至将自己的住所取名为“冷屋”。他不断给杨绛写信，写云南风物、学校近况，但写得最多的，是对杨绛的思念之情。

寄出信后，他便开始日日盼着回信，但当时杨绛正在筹办振华分校，根本没空及时回信。钱钟书等得心急，又等得心焦，甚至还做了一首题为《一日》的小诗。

一日不得书，忽忽若有亡；
二日不得书，绕室走惶惶。
百端自譬慰，三日书可望；
生嗔情咄咄，无书连三日。
四日书倘来，当风烧拉杂；
摧烧扬其灰，四日书当来。

就这样在寄信和等信之间等着、盼着，终于到了 1939 年 7 月，西南联大放暑假了，钱钟书迫不及待地给杨绛发了电报，之后启程回到上海探亲，见到了久别的杨绛和圆圆。一家人其乐融融，圆圆多了父亲这个玩伴，变得更加活泼可爱。

当时钱家在上海的房子不够住，杨荫杭便让杨绛的大姐和小妹搬到他屋里来，腾出一个房间给钱钟书过暑假。

暑假过半的一天，钱钟书忽然一脸愁容地回来，说收到了钱基博的信。

早些时候，钱基博接受老友廖世承的邀请，前往湖南蓝田协助创建了国立师范学院。钱钟书回上海探亲期间，钱基博写信称自己年纪大了，要钱钟书到蓝田教书一年，出任英文系主任，同时照顾他。

此时，钱钟书在西南联大还不足一年，而且他非常愿意在清华工作，可是钱家人一致认为他应该去蓝田，那段时间廖世承正好来到上海，也不断劝说钱钟书去当英文系主任。

杨绛知道钱钟书是孝子，也知道他舍不得放弃清华的工作，她不愿看丈夫犹豫不定，于是趁着钱钟书不在家，将这件事说给杨荫杭听。

不料，每次都会给她指点的杨荫杭，这次听完却一言不发，连表情都没有。杨绛事后细想，悟出父亲的意思。一个人去留应当由他自己决定，哪怕她是钱钟书的妻子，也不能干涉，更不该与他的父母站在对立面上，同时向他施压。

后来，杨绛曾抽空陪钱钟书回到钱家，面对全家人的劝说，夫妻俩一致地保持沉默，但即使这样，气氛也依然很难堪，杨绛不免同情起钱钟书，更庆幸自己没有增加他的苦恼。

迫于各方面的压力，钱钟书给西南联大写信，请求辞职，之后，他便日日盼着收到回复，他希望西南联大可以挽留他，这样他便可以向父亲交代。可是，当西南联大的回复送来时，钱钟书已经离开上海，到蓝田去了。

分别时，杨绛并没有说什么，只是为他整理好衣服，叮嘱道："看来你的生日将在路上过了。我在家为你吃碗面，祝平安。"但钱钟书心里明白，她不说，不代表不挂念，杨绛不阻止他，只是因为不愿他太过为难。

去往湖南的路是艰难险阻的，似乎是上天有意要增添钱钟书的伤怀，一路行来处处受阻，他用了一个多月才抵达蓝田。

这里的各方面条件都无法与西南联大匹敌，能与钱钟书探讨学术的人也很少，就连给学生上课时，钱钟书也会有种对牛弹琴的感觉。为了打发课余时间，钱钟书开始埋头写作，《谈艺录》便是在那时动笔的，此外，他经常炖鸡汤给钱基博喝，但钱基博却认为"这是口体之养，不是养志"。可是，钱钟书与父亲之间一直存在着隔阂，父亲所说的"志"他并不完全认同，而钱基博对钱钟书的"志"也不能完全理解，两人一生都无法志趣相投。

让钱钟书更加遗憾的，是不能亲眼看到圆圆的进步，不能陪伴她成长，他只能通过杨绛信上的讲述，想象如今圆圆的样子。

圆圆的想象力很丰富，认字时，忽然指着“朋”字对杨绛解释，那是两个“月”字很要好，所以紧挨在一起做朋友。圆圆的小脑袋很灵光，却没有继承母亲的灵活手脚，她不会爬树，运动起来也不大协调，连走路摇摇晃晃的模样都和钱钟书很像。在杨绛看来，除了长得更像钱钟书，她把“格物致知”的观察力也从钱钟书那里一起继承了下来，跟着杨绛一起外出，她能说出谁住在几号房，谁和谁是什么亲戚关系，十之八九是准确的，杨荫杭常夸圆圆人虽然小，但什么也逃不过她的眼睛。

在钱钟书看来，圆圆更像自己的妻子，因为像，所以女儿更是什么都好。一次杨绛寄来一张合影，上面是圆圆和她的四个表兄妹，钱钟书左看右看，喜欢得要紧，最后在照片上题词：“五个老小，我个顶好！”

圆圆是最好的，因为她像杨绛，因为她是自己和杨绛的女儿。每次知道女儿又有了新的进步，钱钟书便感到骄傲，可紧接着又觉得失落，因为他不能亲眼看到，亲口夸奖，就这样，时间在日升月起中流逝，对杨绛和圆圆的思念却无时无刻不在煎熬着钱钟书。

1940 年暑假，本来说好一起回上海的钱基博忽然说不想回去，钱钟书便和同事一同出发。这一年，杨绛的弟弟从维也纳医科大学毕业，回到国内，和杨荫杭同住一室。

考虑到钱钟书回上海后，再与父亲同住有诸多不便，杨绛便在离钱家不远的地方租了一间房子。搬走前，杨荫杭对圆圆说："搬出去，没有外公疼了。"圆圆大哭起来。她本就站在杨荫杭座位旁边，大滴的眼泪打湿了杨荫杭的膝盖，哭得就连杨荫杭也落泪了。

杨绛带着圆圆搬了出去，可钱钟书却失了约。当时战火激烈，钱钟书在路上被隔住，无法前行，不得已只能中途返回蓝田。杨绛和圆圆在外面住了一个月，又退掉房子，搬回杨荫杭身边。

这时的圆圆已经认了许多字，看书的速度很快，钱钟书看到有趣处会哈哈大笑，圆圆看到伤心处会哇哇大哭。尤其是看《苦儿流浪记》时，从开头就哭得很伤心，杨绛只好把那本书藏起来，再给她买其他新书。

在女儿身上，杨绛总能看到钱钟书的影子，她走路摇晃的样子，她翻书的姿势，她的记忆力和观察事物的细致，都像极了钱钟书。当爱人远在异乡，能看着一个像他又有些像自己的小人儿慢慢长大，多少是一种安慰。正是因为有圆圆的陪伴，杨绛才不至于像钱钟书那样凄苦孤独。

1941 年夏天，钱钟书辞去蓝田师范学院英文系主任的工作，经过一段陆路，之后又乘轮船走海路回到了上海，与杨绛和圆圆团聚。

那时钱家的人口还在增多，但杨绛再也找不到能租住的房子，只好带着圆圆住进钱家楼下的客堂，等钱钟书回来。

一别两年，再次相见，站在杨绛眼前的钱钟书脸色黄黑，头发很长胡茬很乱，他穿着一件蓝田当地粗布缝制的长衫，看上去异常憔悴。他从船上带了一把外国椅子，当作给圆圆的礼物，但此时圆圆似乎已经不记得他了。她好奇地站在旁边观看，接过椅子也是直接给了杨绛，继续盯着钱钟书，尤其是他放在杨绛床边的行李。

果然，刚吃过晚饭，圆圆就对着爸爸下达了驱逐令。

“这是我的妈妈，你的妈妈在那边。”说完还指指自己的奶奶。

大约在圆圆的概念里，常识性地明白“爸爸的妈妈是奶奶”，但因为两年不见，她对爸爸的印象已经模糊，甚至变得生疏起来。

被女儿这样说，钱钟书倒是没有生气，反而笑着问：“我倒问问你，是我先认识你妈妈，还是你先认识？”

圆圆虽然小，但争夺妈妈的气势很足，马上回答：“自然我先认识，我一生出来就认识，你是长大了认识的。”

众人看着父女俩争执，一时不知如何化解，不料这时钱钟书俯下身，在圆圆耳边不知说了什么，圆圆立刻放下了戒备。

钱钟书到底对圆圆说了什么，杨绛一直没有问，但知道那一定是他们父女之间最默契的秘密。但正是因为不为外人所知的话，让他们立刻成了好朋友，就连杨绛也只能屈居第二了。

关于钱钟书回到上海后如何和女儿打成一片，钱瑗去世前写在病床上的《爸爸逗我玩》，详细而生动地回忆了当时的细节。

一九四五年父亲由内地辗转回到上海，我当时大约五岁。他天天逗我玩，我非常高兴，撒娇、“人来疯”，变得相当讨厌。奶奶说他和我是“老鼠哥哥同年伴”，大的也要打一顿，小的也要打一顿。

……

爸爸不仅用墨笔在我脸上画胡子，还在肚子上画鬼脸。只不过他的拿手戏是编顺口溜，起绰号。有一天我午睡后在大床上跳来跳去，他马上形容我的样子是："身是穿件火黄背心，面孔像只屁股猢狲。"我知道把我的脸比作猴子的红屁股不是好话，就噘嘴撞头表示抗议。他立即把我又比作猪噘嘴、牛撞头、蟹吐沫、蛙凸肚。我一下子得了那么多的绰号，其实心里还是很得意的。

就这样，钱钟书重新回到妻子和女儿身边。

原本钱钟书得到消息，西南联大想将他召回继续任教，可是等了又等，聘书却始终没有寄来。直到开学三周之后，外文系的管理者才登门请他去授课。钱钟书是个敏锐的人，自然知道没有聘书、邀请迟到这一系列表现，都在说明对方并不欢迎自己，于是便客气地拒绝了。

虽然重返联大是钱钟书的向往，但若真的成行，他就又要离开妻女，各自天涯，所以这一次无缘上任，对钱钟书来说不知是喜是悲，他大约也觉得这是命运安排他留在家人身边，所以在此之后，他曾对杨绛发愿说："从今以后，咱们只有死别，不再生离。"

剧作家杨绛

上海全部沦陷后，振华分校解散，那时杨绛已经当起了家庭教师，同时还在工部局小学代课，除了薪水，学校每个月还发三斗白米，虽说不是好米，但还是比当局配给的混沙大米好得多。工部局小学一开始并没有划为日军管辖，学校是半日制，只有下午上课。因为学校离家很远，杨绛每天午饭后乘公交车赶去上课，困得在车上直打盹。

而钱钟书首先到上海暨南大学谋求职位，当时的英文系主任打算让钱钟书顶替另外一名教师，钱钟书坚决不同意，毕竟在战争年代，一个人失去了工作，一家子可能都要挨饿，他不能夺走他人的职位。于是，那段时间钱钟书一直赋闲在家。后来，杨荫杭将自己在震旦女子文理学院的《诗经》课让给钱钟书，但开始时薪水很低，钱钟书同时还要在外面兼职家教。

后来，钱钟书向震旦女子文理学院的负责人请求增加课时，又收了一名拜门学生，薪水增加了一些。到后来又多了两名拜门学生，加上杨绛的薪水和补贴，一家人勉强能自给自足。

最艰苦的日子在珍珠港事变之后，抗日胜利之前……只说柴和米，就大非易事。日本人分配给市民吃的面粉是黑的，筛去杂质，还是麸皮居半；分配的米，只是籼，中间还杂有白的、黄的、黑的沙子。黑沙子还容易挑出来，黄白沙子，杂在粞里，只好用镊子挑拣。听到沿街有卖米的，不论多贵，也得赶紧买……但大米不能生吃，而煤厂总推没货。好容易有煤球了，要求送三百斤，只肯送二百斤……如有卖木柴的，卖钢炭的，都不能错过。有一次煤厂送了三百斤煤末子，我视为至宝。煤末子是纯煤，比煤球占地少，掺上煤灰，可以自制相当四五百斤煤球的煤饼子……我在小学代课，我写剧本，都是为了柴和米。钟书的二弟、三弟已先后离开上海，钟书留在上海没个可以维持生活的职业，还得依仗几个拜门学生的束脩，他显然最没出息。

从杨绛的回忆中，能看出当时生活的不易，不单是经济拮据，物资也相当匮乏，家里最艰难的时候，连着三个月都没有肉吃。一次，钱钟书的学生让人送来一担西瓜，圆圆高兴极了，又感到很骄傲。对这件事，杨绛的描述十分生动。

圆圆大为惊奇。这么大的瓜！又这么多！她看爸爸把西瓜分送了楼上，自己还留下许多，佩服得不得了。晚上她一本正经对爸爸说："爸爸，这许多西瓜，都是你的！——我呢，是你的女儿。"显然她是觉得"与有荣焉"！她的自豪逗得我们大笑。可怜的钟书，居然还有女儿为他自豪……

因为营养不足，圆圆的身体不太好，钱钟书也是一年一场大病。在这种情况下，杨绛很想再做些兼职，让家里人过得好一些。

1942 年冬天，杨绛和钱钟书与陈麟瑞、李健吾一起去吃烤羊肉，两人都是杨绛在清华研究院时的学长，当时他们已经创作了很多剧本。

和现在的烤全羊不同，在那个年代，吃烤羊肉是颇为讲究的活动：羊肉用松枝烤成，肉香裹着松香，吃肉的食客每人一双二尺长的筷子，从火里将烤好的肉夹起来，夹在饼里一起吃。吃饭时，陈麟瑞说起这种吃法和蒙古人是一样的，善于联想的杨绛马上想起戏剧中各种蒙古王子、王爷的故事，还讲得声情并茂。

陈麟瑞和李健吾本就在从事戏剧写作，见杨绛对戏剧也很感兴趣，讲起故事来也很吸引人，便怂恿她“何不也来一个剧本”，甚至向她透露名导演黄佐临正因为没有好剧本在发愁。

杨绛虽然谦虚地表示自己没写过话剧，但那些鼓励她尝试的话语却让她念念不忘。杨绛是个实干派，吃完烤羊肉没多久，她便利用闲暇时间，编出一个剧本交给陈麟瑞。杨绛之前从没写过剧本，对话剧也并不是特别热衷，陈麟瑞看完她的剧本，给她提了意见：“你这个剧本，做独幕剧太长；做多幕剧呢又太短，内容不足，得改写。”

虽然剧本被打了回来，但杨绛并没有灰心，“得改写”，就说明有改写的价值，她很快便将初稿改写，变成一个四幕话剧，之后又仔细想了想，将剧本命名为“称心如意”。

当时上海剧坛虽然作品很多，但几乎都是悲剧，一来是因为现实中战乱频繁，人们的情绪普遍低落；二来是因为悲剧本身更容易打动观众，赚取眼泪。

可是，向来乐观坚强的杨绛却另辟蹊径，写了一部喜剧。

故事的主角是一个漂亮的女孩，父母双亡后，她来到上海想投奔亲戚，她的三个舅舅和一个姨妈都是当地的体面人，生活也都很殷实，却非常势利，没人愿意管这个可怜的女孩。就这样推来推去，女孩终于被推到了舅舅的舅舅家。这位舅公是个大富翁，对这女孩却非常好，不单将她认作孙女，还将她立为财产继承人，在舅公家这段时间，女孩还认识了舅公老朋友的孙子，两个年轻人情投意合，女孩从无依无靠的孤女，变成金钱与爱情双丰收的幸运儿，皆大欢喜，“称心如意”。

杨绛写好剧本，让钱钟书先看，不过，钱钟书对戏剧完全没兴趣，草草看过之后夸她：“还好，还好！”

剧本又到了陈麟瑞和李健吾手中，两人看后齐声叫好，将剧本推荐给精通喜剧的导演黄佐临，被这位大导演一眼看中。

当李健吾打电话给杨绛，问她想在剧本上署什么名字时，杨绛又害羞起来，她担心出丑，不敢用真名，便想要起个笔名。正思索着取什么笔名时，脑子里忽然灵光一闪，想起姐妹们为了表示亲昵，经常偷懒将她的名字连起来读，将“季康”读成“绛”，思及此，杨绛便对陈麟瑞说：“就叫杨绛吧！”

1945 年 5 月，话剧《称心如意》在上海金都大戏院开演，在那个伤感的年代，这个横空出现的欢喜故事，立刻受到观众的欢迎。在两周的演出时间里，场场爆满，海报上印着编剧的名字，斗大的两个字——杨绛。

这是杨绛第一部话剧作品，由著名导演黄佐临执导，著名演员林彬饰演女主角，李健吾则客串了舅公的角色。首演成功后，这部剧又在不同的剧场上演，因为名字喜庆，被很多剧团当作“贺岁剧”，在过年期间上演。

振华的老校长王季玉专程去看了话剧，因为觉得精彩，回来后还问杨绛：“是你公公帮你的吗？”被老校长这样问，杨绛有些哭笑不得，因为公公钱基博那几年大多时间是在湖南度过，很少回上海。身边也有不少朋友想当然地以为这部剧一定是钱钟书代笔，由杨绛署名，还特地打电话给钱钟书，为新剧的成功道喜。

除了公众，业内对她的评价也非常高，但杨绛却认为："剧作不同于小说，剧本的成功很大程度上要靠舞台表现，靠导演、演员的技艺精湛。"

这是她的谦逊之处，这份谦逊，让她得以自知，在一夕成名过后，依旧能安于平常生活，不骄不躁、安安稳稳地凝聚力量，酝酿准备着下一次更猛烈的进击。

《称心如意》上演后，最让杨绛开心的并不是名声在外，而是稿费。她拿到稿费后，请家人去吃"老大房"的酱鸡酱肉，圆圆三个月没吃到肉，高兴得不行，吃完了还念着要吃肉。

《称心如意》之后，杨绛很快又写了一部《弄真成假》，这是一部五幕喜剧。和《称心如意》的风格类似，剧中人物鲜明，情节起伏。

男主角周大璋家境贫寒，却幻想着有朝一日成为豪门女婿，热衷于扮成有钱人家的公子，寻找机会，但命运让他遇见了同样贫穷的女子张燕华。张燕华寄居在有钱的叔叔家，一心想嫁个有钱人。最后，互相隐瞒了经济状况的两人结为夫妻，但通过婚姻一夜暴富的幻想却双双落空。这部戏虽说是喜剧，但主题颇为反讽，对角色心理的刻画也非常贴近现实。

《弄真成假》上演后，比第一部剧反响更大，“编剧杨绛”这个名字开始为当时的人们所熟知，演员们都希望能出演她写的戏剧。

杨荫杭也带着杨绛的姐妹们一起去看了《弄真成假》，听到现场观众的笑声，杨荫杭悄悄问杨绛：“全是你编的?”杨绛点头答：“全是。”杨荫杭素来以女儿为荣，听了这话更加高兴，也跟着观众大笑起来。

《称心如意》和《弄真成假》后来被合编在一起，取名《喜剧二种》。这之后杨绛又动笔写下三幕喜剧《游戏人间》，主要讲述男青年王庭壁玩世不恭游戏人生，原本已经和曹学昭交往，富家女吴彩云征婚时他却还去应征。曹学昭得知后，一怒之下负气嫁给暴发户吴润卿，结果两人都深感后悔，决定从风波中挣脱出来，认真对待自己的人生。这部剧因为时间匆忙，来不及精心修改，所以杨绛并不是特别满意。

杨绛的第四部戏是四幕剧《风絮》，这是四部剧中唯一的悲剧。和剧名风絮一样，故事里的青年方景山眼高于顶，立志改造农村，却在一番折腾后发觉自己有心无力。“风絮”

是钱钟书提出的，因为杨绛笔下的方景山就像随风飘荡的杨花，心比天高，到头来却一事无成。

虽然杨绛作为“剧作家”，在当时盛名远扬，但她一直说，这只是“学徒的认真习作”。她清楚地知道，自己对剧本这种文体不感兴趣，所以她一生只写过这四部作品，毕竟，她当时会尝试戏剧写作，主要还是为了“稻粱谋”。

她笔下的剧本，并没有宣扬斗争和不屈的战争“主旋律”，但正像杨绛自己评价的那样：“如果说，沦陷在上海日寇铁蹄下的老百姓，不妥协、不屈服就算反抗，不愁苦、不丧气就算顽强，那么这两个喜剧里的几声笑，也算表示我们在漫漫长夜的黑暗里始终没有丧失信心，在艰苦的生活里始终保持着乐观精神。”

杨绛成了上海戏剧界的红人，每次到剧场看戏，第五排正中的好位置总是为她留好，而钱钟书虽然文采斐然，却常被人称为“编剧杨绛的丈夫”，但钱钟书却不以为意，甚至对杨绛说：“照理我应该忌妒你，可是我最敬佩你。”

钱钟书是了解杨绛的，正是因为了解她，了解她的能力和才学，所以他更加清楚，自己的妻子值得这样的荣誉。他敬佩杨绛，不止因为杨绛是他的妻子，更是因为，他懂她的好。

杨绛的《围城》

那时，钱钟书还独自在湖南蓝田的师范学院任教。在数不清的无眠夜晚，一部小说的构想在钱钟书脑海中慢慢成型，这就是著名的《围城》。

钱钟书回到上海后，在杨绛的陪伴和照顾下，继续进行《谈艺录》后半部分的撰写，但小说里那些鲜活的形象不断敲打着他的大脑，催促他快些动笔，将他们一个个带入纸上。

杨绛的《称心如意》上演后，钱钟书也去看了剧。回来后，他心痒难耐地告诉杨绛："我也要写，我想写一部长篇小说！"

可是，说完他却又开始担心时间不够用，因为那时他正在抽空写短篇小说，杨绛知道他创作心切，便安慰他说："不要紧，你可以减少授课钟点。家里的生活很节俭，还可以再节俭些。"

那段时间，家里之前的女佣辞了工作回家去了，为了节省开支，杨绛决定暂时不再请女佣，而是亲自动手。就这样，小有名气的剧作家杨绛，摇身一变成了钱家的"灶下婢”。

劈柴、生火，给一大家人做三顿饭，给婆婆、钱钟书、圆圆和自己洗衣服，那时圆圆身体不好，休学在家，杨绛还要教她功课，最后抽时间写自己的第四个剧本《风絮》。

杨绛之前毕竟是小姐身子，国外留学时虽然做过家务，但远没有国内这样复杂。刚开始，她经常在做饭时手被烫出大泡，或是在烧火时熏成了大花脸。原本杨绛是最爱干净，做煤饼，黑色的煤粉将指甲缝全部染黑，她却视若无睹。那时，在杨绛的心里，这些都不算苦累，支持钱钟书完成他想写的作品，才是最重要的事。

钱钟书看着杨绛一天从早忙到晚，很是心疼，决定尽自己所能，帮她分担一些家务。他总是趁着杨绛不注意，悄悄关上门，在卫生间里自己洗衣服。

钱钟书的用心自然是好的，但他没做过家务，洗过之后衣服还是不干净，杨绛明白他的心意，觉得既温暖又感激，所以她每次都瞒着钱钟书重新洗一遍，却从不戳破。这种游击战一样的洗衣游戏，在这对互相体贴彼此关怀的夫妻之间时常上演，也算是那段艰难生活中温馨又有趣的小插曲。

杨绛任劳任怨的付出，获得了钱家老小的一致好评，不单公婆满意，连婶婶也夸她“笔杆摇得，锅铲握得，上得厅堂，下得厨房，入水能游，出水能跳”，又笑钱钟书“痴人有痴福”。就这样，这个思想新潮的“洋盘媳妇”，成功地用自己的行动“攻陷”了钱家这座作风传统的“坚固城池”。

《围城》1944年动笔，到1946年完稿，钱钟书花了整整两年时间，在《钱钟书写〈围城〉》中，杨绛回忆了当时的情景。

钱钟书在《围城》的序里说，这本书是他“锱铢积累”写成的。我是“锱铢积累”读完的。每天晚上，他把写成的稿子给我看，急切地瞧我怎样反应。我笑，他也笑；我大笑，他也大笑。有时我放下稿子，和他相对大笑，因为笑的不仅是书上的事，还有书外的事。我不用说明笑什么，反正彼此心照不宣。然后他就告诉我下一段打算写什么，我就急切地等着看他怎么写。他平均每天写五百字左右。他给我看的是定稿，不再改动。

《围城》虽然是虚构的，但里面的人物和事件很多有真实原型，其中很多人和事也是杨绛所熟知的。对杨绛来说，每天第一时间读到钱钟书的作品，是她最享受的事，那是一场精神上的盛宴，所有的疲惫都被抛在脑后，所有的付出都得到了报偿。

除了在钱钟书创作《围城》时默默付出，杨绛对这本书也产生了很大影响，她将自己在启明时的经历说给钱钟书听，钱钟书记下了一位姆姆的口头禅，她在清华上学时外出旅游，夜晚住在荒村，梦见身下有个娃娃叫着："压住了我的红棉袄。"这些都变成了素材，出现在《围城》中。

杨绛对《围城》最大的影响，集中在唐晓芙这个角色身上。在方鸿渐眼中，她刚出场，便是"端正的圆脸，有两个浅酒窝。天生着一般女人要花钱费时、调脂和粉来仿造的好脸色……仿佛是好水果。她眼睛并不顶大，可是灵活温柔……"

这分明就是少女时代的杨绛啊！那个在古月堂前初见时的，让钱钟书一见倾心的清新女子。事实上，除了容貌，唐晓芙的家世、修养也和杨绛相近，但性情上更活泼一些。

钱钟书就是这样，把妻子当作理想的女性原型写入小说，所以杨绛才会说："我认为《管锥编》《谈艺录》的作者是个好学深思的钟书，《槐聚诗存》的作者是个'忧时伤生'的钟书，《围城》的作者呢，就是个痴气旺盛的钟书。"

在钱钟书出版的第一本书《写在人生边上》，以及后来的短篇小说集《人·兽·鬼》的扉页上，都有"赠予杨季康"的字样；但在《围城》中，他将感谢写进了序中："这本书整整写了两年。两年里忧世伤生，屡想中止。由于杨绛女士不断地督促，替我挡了许多事，省出时间来，得以锱铢积累地写完。”

完稿后，《围城》开始在《文艺复兴》上进行连载，很快受到众人喜爱，大家开始打听作者是何许人，有人答：“钱钟书就是杨绛的丈夫。”

钱钟书从此成了名人，还有了大批粉丝，有些热情大胆的女学生，认定钱钟书像方鸿渐一样婚姻不幸，甚至来信要和他做“非一般的朋友”；而杨绛也从此成为小说家钱钟书的夫人，钱钟书对此非常骄傲，杨绛也满心欢喜。毕竟，《围城》的诞生，凝聚着她无数的心血和汗水，那是钱钟书的《围城》，也是杨绛的《围城》。

“《围城》热”一直持续到20世纪80年代，彼时，上海电影制片厂导演黄蜀芹，偶然在延安买到一本《围城》，读过之后很想改编成电视剧。人和人之间的缘分总是很神奇，黄蜀芹的父亲正是黄佐临，就是将杨绛的处女剧《称心如意》搬上舞台的著名导演。

黄蜀芹知道这层旧交，她请父亲写了介绍信，带上编好的剧本亲自上门拜访。钱钟书和杨绛被她的诚意打动，杨绛更是仔细地读了剧本，提出详细的修改意见，更是亲自写下了《围城》开头的著名旁白。

围在城里的人想逃出来，城外的人想冲进去。对婚姻也罢，职业也罢，人生的愿望大都如此。

第三章

黎明前的黑暗

别了，最疼她的人

1945 年春末的一天，杨绛接到弟弟电话，说父亲中风复发，让她快回苏州。杨绛和小妹杨必费尽力气买到车票，匆忙上路，没想到行至太仓河边，却发现桥断了，前路阻断，姐妹俩只能返回上海。

回到钱家，杨绛便说："走了一天，又回来了。"

只见客堂里满是人，大家静静地看着她们姐妹，却谁也不说话。钱钟书悄声迎上来，牵起杨绛的手，带她到厨房暗处，沉痛地对她说："刚才苏州来了电话，爸爸已经过世了。"

听到这个消息，杨绛姐妹顿时痛哭起来。

第二天，杨绛和钱钟书带着弟弟妹妹赶回苏州，在《回忆我的父亲》中，杨绛用悲痛的笔触写下让她终生无法忘怀的回忆。

父亲去世后，我末一次到苏州旧宅。大厅上全堂红木家具都已不知去向。空荡荡的大厅上，停着我父亲的棺材。前面搭着个白布幔，挂着父亲的遗像，幔前有一张小破桌子。我像往常那样到厨下去泡一碗酽酽的盖碗茶，放在桌上，自己坐在门槛上哭，我们姐妹弟弟一个个栖栖惶惶地跑来，都只有门槛可坐。

彼时，战乱还在继续，杨荫杭的丧事很简单，吊丧的人也不多。安葬了父亲，杨绛姐妹几个回到苏州庙堂巷的老房子，这里因为无人打理，早已破败，但举目望去，满满都是一家人过去欢快的画面，她们实在不忍心出售，便决定将老房子留下来，也算留一段美好的回忆。

战争是残忍的，它不懂得尊老爱幼，也不懂得怜悯悲怀。短短几年内，杨绛挚爱的父母双双离世，所有的快乐都成了过去，泛着回忆的光彩，被现实撕成碎片。

我父亲去世以后，我们姐妹曾在霞飞路（现淮海路）一家珠宝店的橱窗里看见父亲书案上的一个竹根雕成的陈抟老祖像。那是工艺品，面貌特殊，父亲常用“棕老虎”（棕制圆形硬刷）给陈抟刷头皮。我们都看熟了，决不会看错。又一次，在这条路上另一家珠宝店里看到另一件父亲的玩物，隔着橱窗里陈设的珠钻看不真切，很有“是耶非耶”之感。

杨荫杭去世后，杨绛对父亲的温暖记忆，却变得越发清晰。

父亲是最疼爱她的人，她是杨荫杭从海外逃亡回国后出生的第一个女儿，虽然排在中间，却很得父亲欢心，杨绛小时候的个子比三个姐姐都要矮小，父亲却偏袒地说“猫以矮脚短身者为良”。大约是爱屋及乌，他对杨绛的女儿圆圆，也比其他孙儿更加疼爱，甚至在杨绛带圆圆刚回国时担任了保姆，还骄傲地自称是“奶公”。

杨绛仍然记得，小时候与父亲一起吃吃喝喝的细节。

杨荫杭最喜欢在饭后吃甜食，还会带着孩子们一起享用，所以家里的零食总是吃得很快，杨荫杭便时常央求唐须婴买些好吃的，给大家“放放焰口[①]”。于是，“放焰口”成了孩子们最喜欢的词，无论想要什么吃的玩的，都会向杨荫杭撒娇道“爸爸，放焰口”。杨荫杭对孩子们颇为宠爱，就连他们在大冬天想做冰淇淋来吃的要求，他也不阻止，不单不阻止，还很有兴致地教他们应该怎样做，孩子们做好后，他还很新奇地跟着尝了尝。

后来母亲唐须婴去世，女儿们对杨荫杭更加细心照料，除了买东西、理发，还特意买来父亲喜欢的点心和糖果，用瓶瓶罐罐装着摆在杨荫杭床头，她们还会定期检查罐子，若是哪个空了便尽快补上。女儿们本以为杨荫杭不在意这些细节，谁知在整理父亲的日记时，却看到他每次都要记下来“阿×来，馈×”，想来，记下女儿们的孝心，也是颇为温暖的事情。

对钱钟书这个女婿，杨荫杭一向很欣赏。也许是因为两人兴趣相投，总能聊得很快乐，杨荫杭甚至特意问过杨绛：“钟书总是这么高兴吗？”钱钟书当然不是一直那样谈笑风生妙语连珠，但在杨荫杭面前，他向来如此。

---

① 放焰口：道教仪式，后来被佛教承袭更改，是一种施食饿鬼的法事，法会以饿鬼道众生为主要施食对象，施放焰口，使饿鬼皆得超度。引申在日常生活中便有了“解馋”的意思。

杨荫杭去世后，钱钟书穿着他留下的旧衣服和旧鞋，总是很精心，他说那是“爸爸衣”“爸爸鞋”。若是读书时看到好文章，他还会忍不住神往地念叨着：“我若能和爸爸相对议论，该多有趣。”

在学术上，钱钟书或许比杨绛对父亲更加了解。一次，杨绛整理父亲遗作，翻遍了整本书也没找到父亲引用的句子，便怀疑“准是爸爸随笔写来，引用错了”。钱钟书却说：“爸爸决不会引错。”后来，在钱钟书的提醒下，杨绛终于在作者的逸文中找到了那句话。

杨荫杭曾经收集了一箱子古钱，说要留给小女儿杨必，让她出国留学，但这箱子古钱却在后来的动荡中散落遗失得一枚不剩。

杨荫杭对子女向来很民主，杨绛还记得他从上海回苏州之前，将小妹杨必交托给杨绛照顾，说到婚事，杨荫杭很严肃地叮嘱杨绛：“如果没有好的，宁可不嫁。”

当时，杨绛只顾着为父亲的说法感到震惊，却没有想到，那次谈话，竟是他们父女二人的最后一次。

杨荫杭猝然离世，留给杨绛最大的遗憾，就是父亲没有看到抗战胜利。日本宣布投降的那天，她一个人躲起来，想着父亲，忍不住泪如雨下。钱钟书找到她，安慰道：“无论如何，漫漫长夜已经过去，爸爸会为我们高兴，为国家高兴。我们终于熬过来了。”

杨荫杭一生忙碌，没留下什么大部头作品，但他还有一群儿女，那是他人生中最好的作品。杨绛曾经幻想过，若是杨荫杭像自己那样长寿，他的《诗骚体韵》一定可以出版问世。

杨荫杭一生爱好音韵学，《诗骚体韵》是他在上海沦陷期间写成的，因为子女中杨绛读书最多，解他最多，所以他还曾指着手稿对杨绛说：“阿季，以后传给你！”可惜的是，后来他对这部书稿并不满意，离世前便将它毁掉了。

20 世纪 90 年代，杨绛将父亲的文章合编成《老圃遗文辑》，其中收录的大多是杨荫杭在 20 年代为《申报》主笔时撰写的文章，无论是在内容上还是风格上，无不显示着他的满腹才学和一腔正义。

在《回忆我的父亲》中，杨绛除了写下与父亲之间的温情小事，也写出了自己对父亲的悠长思念。

我也一再想到父母的戏言：“我死在你头里。”父亲周密地安葬了我母亲，我们儿女却是漫不经心……但愿我的父母隐藏在灵岩山谷里早日化土，从此和山岩树木一起，安静地随着地球运转。

我唯一的祖国

人向来是戴着伪装的，就算那些不屑伪装自己的人，也不会轻易将自己的心在大街上剖出来，展览给不相干的人。只到了大难当头，人性的光辉或是龌龊才会展露无遗，混乱的年代，从来都是人性的试金石。

日寇控制下的上海，是多灾多难的上海，物资匮乏、物价飞涨，谄媚的嘴脸随处可见，忠诚的苦难俯拾即是。

无论多难，杨绛和钱钟书都咬紧牙关撑了下来。杨绛的外表虽然瘦弱，但她刚烈的性情却和父亲如出一辙。她对侵略者是憎恶的，有时，这种极端的憎恶之情会不自觉地显露出来，甚至让杨绛处于危险之中。

杨绛辞去振华分校校长一职后，曾在工部局小学代课。她住在法租界区，学校位于公共租界，每天都要乘车到法租界边缘，再步行走过租界之外的路程，最后换上公共租界的有轨电车，才能到达学校。

公共租界的电车要经过黄浦江，过桥时，必须空车经过，所有乘客步行过桥。桥上有日寇把守，乘客排着队走过大桥，经过日寇时还要向他鞠躬表示尊敬，杨绛不想行礼，每次都是低着头假装行礼，蒙混过去，所幸也没被发现过。

后来管理规则有了调整，电车可以载人过桥，但过桥前要先停在桥下，日寇上车检查，没有问题就会放行通过。不过，和鞠躬一样，在日寇上车检查时，所有乘客必须起立。

有一次，不知是太累还是在出神，杨绛起立时比其他乘客晚了一点，被日寇发觉，又见她低头站着，那日寇径直走到她面前，不高兴地伸出食指，托着杨绛的下巴猛地向上一抬，想让她抬起头来。

不料杨绛大怒，她心里很想骂上一句，怎奈她根本不会骂人，只能瞪着那日寇，大喝一句："岂有此理?!"

日寇检查时，车上本就很安静，杨绛这一声吼，车上的人简直要停止呼吸，车厢里一点声音也没有。那日寇不懂杨绛的意思，但听得出杨绛的语气不好，于是很凶恶地瞪着她。此时，杨绛的脾气也发作起来，可她不能公然挑衅，与日寇互瞪，只好恶狠狠地瞪着前面车窗。

两人就这么僵在那里，日寇不说话，杨绛也只顾瞪着车窗。终于，似乎是觉得没什么异样，日寇转身走下了电车。

电车又开动了，一车厢的乘客都脸色苍白惊慌不已，没人敢说话，车子又开了一会儿，大家这才回过神来，更是有人连声用上海话感叹："啊唷！啊唷！侬吓杀吾来！侬哪能格？侬发痴啦？”

当时杨绛还憋着一肚子的气，没有搭话，后来电车又开了一段路，她才意识到自己险些闯了大祸。杨绛一边庆幸日寇没有追上来报复，一边暗下决心，以后就是走路去学校，也不要再乘这电车了。

第二天开始，杨绛真的每天走过大桥走到学校去，后来小学被日寇接管，杨绛才辞了职。不单杨绛，钱钟书找工作也遵循着这一准则，只要和日寇有关，再好的待遇，他们也不去。

1945 年 4 月，日寇在战场上节节败退，濒临战败，他们对上海的控制也更加严酷，常有日寇闯入民宅逮捕市民。这段时间是上海最恐怖的时期，就连向来远离政治的杨绛，也险些遭遇不测。

一天上午，大约九十点钟，钱钟书已经去了学校，杨绛正在厨房做家务，听到外面有人敲门。杨绛过去开门，发现外面站着两个人，从衣着上看，一个是日本人，另一个是朝鲜人。杨绛暗叫不妙，连忙将两人请进屋里，接着以倒茶做借口，先进屋将钱钟书《谈艺录》的手稿藏起来。

藏完手稿，杨绛便倒好茶，端进客堂，日本人对她进行了简单的询问。

“这里姓什么？”

“姓钱。”

“姓钱？还有呢？”

“没有了。”

“没有别家？只你们一家？”

“只我们一家。”

杨绛的回答很坚决，但钱钟书的叔叔偷偷告诉她，那日本人的本子上写着“杨绛”两个字，让她一定要想办法躲出去。

于是，趁着日本人打电话，杨绛从后门溜了出去，躲进了邻居家。

她很镇定地和邻居一起吃饭，之后还帮邻居一起将毛线绕成一团团的，正绕着毛线，钱钟书的堂弟跑来报信。

原来，日本人发现杨绛不见了，便威胁说如果她不回去，就把他和另一个兄弟带走。杨绛担心家里，便叫这个堂弟到巷子口等着，若是见到钱钟书回来，千万别让他回家。

安排停当后，杨绛找来一篮鸡蛋，装作买鸡蛋回来的样子，径直进了家门。那日本人见杨绛回来，大声问：“杨绛是谁？”

杨绛停下来，很从容地答：“就是我。”

于是，日本人拿出一张名片，告诉她第二天到宪兵司令部去。临走前，两人还抄走了杨绛的通讯录和一本剪报。

听说杨绛要去司令部，全家人都担心了整整一晚，杨绛却很镇定，她认真地在脑海里预习要如何回答日本人的问题，之后和往常一样平稳地睡去。

第二天早饭后，杨绛找了一身黑衣服穿上，又把一本《杜诗镜铨》放进包里。临走前，她叮嘱家人先不要着急，如果她过了一夜还没回来，再想办法托人去救。

来到宪兵司令部，她很安静地等在会客室，看着自己带来的《杜诗镜铨》。很快，之前那个日本人走进来，看到她的书，笑笑说："杜甫的诗很好啊。"

接着，日本人开始很客气地询问杨绛，丝毫没有审讯的意思，问完后，他还把杨绛送到大门口。就这样，杨绛平安地回到家里，全家人悬着的心终于放了下来。

后来杨绛才知道，那个日本人想找的是别人，但误以为"杨绛"是那人的化名，所以才找她去问话。不过，大家都说杨绛很幸运，毕竟，踏入宪兵司令部的人，很多都挨过耳光，或是遭受灌自来水之类的酷刑。

没人知道战争何时会结束，但幸运的是，杨绛和钱钟书结识了许多志同道合的朋友。他们怀着对祖国的热爱，凭着对胜利的信念，聚集在一起，共同度过那段最黑暗的日子。

杨绛和钱钟书与傅雷夫妇的关系非常好，经常在晚饭后去傅雷家促膝夜谈。傅雷给人的印象总是严肃而孤傲，但在杨绛的回忆里，他总是笑的，满脸都是笑容。

傅雷对杨绛和钱钟书不单友好，还对他们的才华赞赏有加。一次，傅雷在《观察》期刊上读到杨绛的一篇译文，题目为《随铁大少回家》。读过后，他兴致勃勃地对杨绛夸奖一番。一开始，杨绛以为傅雷只是礼貌性地恭维自己，所以便很礼貌地谦虚了几句，结果傅雷当场发作，他沉下脸来，直截了当地说："杨绛，你知道吗，我的称赞是不容易的。"

直到后来，杨绛再回忆起这件事，总会想起傅雷严肃又生气的模样。

风雨终于过去，抗战结束了。此后，杨绛和钱钟书的生活改善了许多：钱钟书得到了中央图书馆外文部总纂的职务，不久后又兼任上海暨南大学教授，杨绛则在震旦女子文理学院授课。彼时圆圆的身体已经恢复，回到学校上学，家里也新请到了阿姨，杨绛的生活比起之前的"灶下婢"，不知轻松了多少。但因为之前的几年太过劳累，她积劳成疾，每到午后三四点总会发起低烧，体重逐月递减，人也觉得病恹恹的十分疲累，到医院去检查，医生也说不出什么原因。

以前就算再闲，杨绛也会一边看书一边织毛衣。长期的“训练”，她早已练就了“盲织”技术，但身体的不适，加上父亲去世后姐妹相聚的次数越来越少，让杨绛精神低迷，连书也看得少了许多。

日本人被赶走后，国内的形势并没有稳定，到处人心惶惶，很多人都在考虑离开大陆，与杨绛和钱钟书相熟的人中，胡适去了台湾，郑振铎去了香港，还有人先到香港，后来又去了台湾。

杨绛和钱钟书曾经有过很多机会，香港大学、牛津大学，甚至联合国教科文组织都向钱钟书发出过邀请，但都被他以各种理由回绝了。虽然周遭的人心浮动，但杨绛和钱钟书的心是坚定的，自从他们离开巴黎，冒着战火硝烟回到祖国时，他们就已经做出了决定。

在《我们仨》中，杨绛写下了那时人们的“惶惶”，和他们夫妇二人的坚定。

“郑振铎先生、吴晗同志，都曾劝我们安心等待解放，共产党是重视知识分子的。但我们也明白，对国家有用的是科学家，我们却是没用的知识分子。我们如要逃跑，不是无路可走。可是一个人在紧要关头，决定他何去何从的，也许总是他最基本的感情。我们从来不唱爱国调，但我们不逃跑，不愿离开父母之邦，撇不开自家人。我国是国耻重重的弱国，跑出去仰人鼻息，做二等公民，我们不愿意。我们是文化人，爱祖国的文化，爱祖国的文字，爱祖国的语言。一句话，我们是倔强的中国老百姓，不愿做外国人。我们并不敢为自己乐观，可是我们安静地留在上海，等待解放。”

面对这片伤痕累累的故土，他们只想留在这里，做一对平凡的百姓夫妻。

他们的内心永远坚定如初，因为“中国的语言是我们喝奶时喝下去的，我们是怎么也不肯放弃的”。因为，那是他们热爱的文学之基础，也是他们作为中国人的立身之基础。

因为，这里是他们唯一的、深爱着的祖国。

第四卷

守得云开见日明

第一章
从文学中寻求安稳

初返清华的快乐时光

1949 年 1 月，北京和平解放，对清华、北大等高校开始施行接管。那时，与杨绛和钱钟书相熟的老友吴晗担任了清华大学历史系主任、文学院院长、校务委员会主任委员，同年 5 月，上海解放，杨绛和钱钟书收到清华大学聘函，请他们到外文系任教。

那时的杨绛因为操劳过度，身体大不如前，钱钟书看在眼里十分心疼，他知道杨绛对清华的感情，考虑到换个环境也许对杨绛的身体有好处，便决定搬去清华任教。

1949 年 8 月 24 日，杨绛和钱钟书带着圆圆乘上火车，26 日到达北京，从此开始了他们在北京的定居生活。

重返母校，杨绛的心像华兹华斯在诗中写到的那样翩然跃起，圆圆看到满眼绿树，惊叹不已，很是喜欢，到了清华，杨绛的身体果然恢复得很快。

他们到清华时，清华的接管、恢复和改造工作正在进行，外文系的教学任务并不重，但会议却一场接着一场，让钱钟书感到疲于应对。

按照清华的旧规，夫妻二人不能同时出任正式教授，于是钱钟书成为外文系正式教授，教授大二学生，同时还有《西洋文学史》和《经典文学之哲学》的课程。杨绛则退居二位，做起了兼职教授，教的是《英国小说选读》。

所谓兼职，就是按授课钟点计算工资，杨绛称这是“散工”。兼职的工资自然是不能和正式教授相比，但时间上比较清闲，可以腾出更多时间来读书。

杨绛对“散工”这个职务颇为满意，后来清华废除旧规，夫妻关系不再受限，但杨绛却还是坚持做“散工”，在杨绛看来，她没参加过学习，无法适应专职工作，而且“散工”还可以“逃会”，为何不做?

妇女会召开学习会，杨绛可以不参加，因为她有工作有收入，不是家庭妇女，教职员工的学习会，她也是不参加，因为她不是专职只是“散工”。后期，因为系里的教学需要，杨绛又增加了两门课程，在工作量上已经达到了专任教授的水平，但她为了逃避开会，宁愿一直做个“散工”。

初返清华，“我们仨”度过了最为轻松快乐的时光，杨绛和钱钟书除了上课和开会，把剩下的时间都投向了书海之中，尤其是晚上。

一次，当时著名的记者黄裳到北京采访，专程到清华园拜访了杨绛和钱钟书，这对教授夫妇夜读的场面令他印象深刻。

吃过晚饭以后我找到他的住处，他和杨绛两位住着一所教授住宅，他俩也坐在客厅里，好像没有生火，也许是火炉不旺，只觉得冷得很，整个客厅没有任何家具，越发显得空落落的。中间放了一只挺讲究的西餐长台，另外就是两把椅子。此外，没有了。长台上，堆着两叠外文书和用蓝布硬套装着的线装书，都是从清华图书馆借来的。他们夫妇就静静地对坐在长台两端读书，是我这个不速之客打破了这个典型的夜读的环境。他们没有想到我会在这时来访，高兴极了。

黄裳的这段文字，后来受到钱钟书的纠正，他说那时客厅里的不是椅子，而是两只竖着摆放的木箱，杨绛则回忆称，客厅里摆了沙发，上面有白布垫子，他们养的猫总是睡在那里。

杨绛是爱猫的，这是她和钱钟书共同的嗜好，也正是因为如此，她才能清楚地记得当时客厅里的摆设，因为“花花儿”的身影在那里。1988 年，杨绛提笔写下《花花儿》一文，回忆起那只猫，也回忆着在清华园里的愉快生活。

默存和我住在清华的时候养一只猫，皮毛不如大白[①]，智力远在大白之上。那是我亲戚从城里抱来的一只小郎猫，才满月，刚断奶。它妈妈是白色长毛的纯波斯种，这儿子却是黑白杂色：背上三个黑圆，一条黑尾巴，四只黑爪子，脸上有匀匀的两个黑半圆，像时髦人戴的大黑眼镜，大得遮去半个脸，不过它连耳朵也是黑的。它是圆脸，灰蓝眼珠，眼神之美不输大白。它忽被人抱出城来，声声直叫唤。我不忍，把小猫抱在怀里一整天，所以它和我最亲。

……

① 大白：杨绛在苏州时养过的猫。

我们让花花儿睡在客堂沙发上一个白布垫子上，那个垫子就算是它的领域。一次我把垫子双折着忘了打开，花花儿就把自己的身体约束成一长条，趴在上面，一点也不越出垫子的范围。一次它聚精会神地蹲在一叠箱子旁边，忽然伸出爪子一捞，就逮了一只耗子。那时候它还很小呢。

花花儿和杨绛最好，每天早上都会凑近了闻闻她，像是在对她行“早安礼”。花花儿很聪明，又听话，它很早就学会自己找地方上厕所，从不会弄脏屋子，也明白不可以跳上饭桌，所以总是蹲在杨绛的座位后面耐心等待。

一个下午，杨绛出门去上课，半路上遇见花花儿，它正“嗷嗷”地大声怪叫着经过，看见杨绛，花花儿立刻恢复了平时乖巧的模样，细声细气地换了叫声，跟在杨绛身后一路走着。

杨绛怕花花儿跟着她去教室，一直在赶它走，但花花儿却一直跟到洋灰大道才停下来，看着杨绛走远。杨绛时常感叹，说那猫儿简直有几分“人气”，也因此更加宠爱有加。

当然，花花儿固然机灵可爱，但在杨绛和钱钟书家里，还有更机灵更可爱的存在，那便是他们的“爱之焦点”圆圆。

搬入清华时，圆圆 12 岁，她已经从原来的瓷娃娃长成了小大人，懂事而自立，虽然在父母眼中，她永远都是那个小小的圆圆、阿圆，但大部分人都开始称呼起她的学名——钱瑗。

钱瑗和钱钟书的关系一直很好，是那种“哥们儿”般的好，所以钱钟书对她也十分信任，有时钱钟书需要进城住几天，或是临时有事要出差时，总要叮嘱钱瑗，让她照顾好妈妈。钱瑗不但答应下来，也很负责地照做着。

当时，家里阿姨李妈年纪大了，经常生病，一次李妈生病请假回家，钱钟书有事，家里只剩下钱瑗和杨绛母女。那是个大雪的冬日，到了傍晚，钱瑗忽然对杨绛说：“妈妈，该撮煤了。煤球里的猫屎我都抠干净了。”

小小的钱瑗对母亲十分了解，知道杨绛肯定不会让她去撮煤，因为她力气太小，但钱瑗也有自己力所能及的事。她趁杨绛不注意，一个人跑到雪地里，拨开积雪，将埋在煤球堆里的猫屎抠出来，这样杨绛再去时就可以直接撮煤，不用再一个个费力清理了。

那时，杨绛的同事温德经常请学生到家里听音乐，他知道杨绛也喜欢听，经常邀她参加，每次都会把最好的座位留给杨绛，唱片也选她喜欢的，杨绛每次去听音乐，钱瑗都会陪她一起去。

一天晚上，钱瑗有些低烧，杨绛要她早点睡觉，钱瑗很乖，但她很担心地说："妈妈，你还要到温德家去听音乐呢。"

杨绛为了让女儿安心睡觉，马上对她说："我自己会去。"

小时候的杨绛是不相信也不怕鬼魂的，她甚至还试图"破除"大王庙小学关于鬼影的传闻，可是长大后，杨绛的胆子反而小了，她不敢独自走夜路。

钱瑗知道母亲害怕，但又不想说破，迟疑一下才问："妈妈，你不害怕吗？"

杨绛做出一副毫无畏惧的神情答："不怕，我一个人会去。"

于是，钱瑗听话地躺下来，杨绛独自一人出门去了。

去温德家的路上，要经过一座小桥，桥的那边是一片荒地，到了小桥附近，杨绛已经怕得不敢再向前走了。她退回一些，又试探着向前走了几步，但因为害怕又退了回来，如此反复了两三次，最后她放弃了，原路回到家里。而钱瑗还醒着，似乎是在等她。

见到钱瑗，杨绛只说自己"不去了"，钱瑗聪明得很，自然也不说什么。

不知是因为先天体弱，还是小时营养不足，钱瑗一向很爱生病，到北京后，杨绛担心初中的功课繁重，累坏了宝贝女儿，便让钱瑗休学在家，她买回初中二三年级的教材，负责教她数学、物理、化学、英文等，钱钟书则在周末批改钱瑗的中文和英文作文。

后来，代数越来越复杂，杨绛渐渐感到吃力，便问钱瑗："妈妈跟不上了，你自己做下去，能吗?"钱瑗和杨绛一样，自学能力极强，很快无师自通，开启了自学模式。

虽然钱瑗一向聪明听话，但杨绛多少还是有些放心不下，过了一天便问钱瑗能不能自己学，钱瑗回答说能，再过几天，杨绛又叮嘱钱瑗，要她遇见困难一定要趁早说，不然会跟不上，钱瑗却很有把握地说自己没问题。

果然，1950 年秋，钱瑗通过自学考入贝满女中，代数更是考了满分，入学后，她便到城里的校舍去住校，结识了很多朋友，和一个人在清华园自学时大为不同。

女儿如此懂事，再加上"散工"的时间比较自由，杨绛有了更多精力做自己感兴趣的事。在这期间，她完成了第一部长篇译书——《小癞子》。

《小癞子》是西方"流浪汉小说"的开山之作，用自述的形式，讲述了一个穷苦孩子四处流浪的生活，题材虽然充满苦难，但语言却幽默冷静，杨绛很喜欢这种风格，翻译得也很精心，起先根据英译本转译，后来又参照法译本重译，等到自学了西班牙语，又根据西班牙原文再译，她也因此得出一个结论："从原文翻译，少绕一个弯，不仅容易，也免了不必要的错误。"

所有的文体中，杨绛最爱的是小说，但她一生中写下的小说却很少，而是将大量精力投入了翻译工作。也许是因为杨荫杭曾经说过："与其写空洞无物的文章，不如翻译些外国有价值的作品。"虽然这些话是在闲谈时不经意间说出的，但对杨绛的影响却持续了整整一生。

"我们仨"在清华居住的快乐时光，严格说来只有一年，第二年，钱钟书被抽调，离开了清华，去参与翻译毛泽东主席的作品了。

容安室的笔耕时代

1952 年下半年，政务院发出《关于改革学制的决定》，开始对全国高校进行院系调整，通过整顿加强综合大学，提高高等工科学校的专业化体系，以便重点培养工业建设人才和师资力量，而杨绛和钱钟书所在的清华大学，也摇身一变成为一所纯工科高校。

1953 年初，杨绛和钱钟书离开清华，被分配到北京大学文学研究所。文学研究所的创办者是郑振铎与何其芳，当时担任文化部副部长的郑振铎兼任所长，何其芳出任副所长，并主持工作。到了 1956 年，文学研究所被划归中国科学院哲学社会科学部，简称“学部”，之后直到 1977 年才独立出来，扩充为现在的中国社会科学院，由胡乔木出任首任院长。

最初，杨绛和钱钟书都在文学所的外国文学研究组里工作，过了不久，钱钟书又被郑振铎借调到中国古代文学研究组，借用钱钟书自己的话来说，便是“从此一‘借’不再动”，后来，古代组和外文组又分别升格，成为文学所和外国文学研究所，而杨绛和钱钟书便分别成为两所的研究员，所以严格地说，杨绛曾先后在北大文学研究所、中国社科院文学研究所、中国社科院外国文学研究所担任过研究员工作，但这也只是隶属单位在行政上的名称和级别变化。

因为工作调动，杨绛和钱钟书离开了清华园，搬到中关园宿舍居住。不过，人和物都是能搬走的，但猫却总是格外迷恋自己的领地，就像大部分猫一样，杨绛和钱钟书家的花花儿并不喜欢新家，搬家后不久，它便溜走了，大约是自己循着路找回了原来的家，也许，会在某个无法跨越的河边，迷了方向，再也回不去美丽的清华园。总之，花花儿是不见了，与它一起消失的，还有杨绛和钱钟书宁静平和的书院生活。

他们在中关园宿舍的房子很小，钱钟书为新居取名“容安室”，也称“容安居”，无论“室”、“居”，其“容安”二字不变。“容安”典出陶渊明名句“审容膝之易安”，但以此命名居室，也算是效仿苏轼的做法。在苏轼《东坡志林》卷四中写有“陶靖节云：‘倚南窗以寄傲，审容膝之易安。’故常欲筑小轩，以‘容安’名之”，所以，钱钟书便将这个既是起居又做书斋的房子取名“容安”。

杨绛曾提到过，她和钱钟书都爱苏轼“万人如海一身藏”这一句，也很向往庄子的“陆沉”之说，对于西方人将社会比作“蛇阱”也感同身受。所谓“蛇阱”，便是比喻人在世间如阱里众蛇，一条条都拼着命钻头探身，挤压其他的蛇，冒出头的摇摇晃晃上下不稳，没入下面的拱起身子与其他蛇扭结在一处，难分难解，整团纠结，不断挣扎斗争，若是出不来头，一辈子就要埋没其下，钻出头的则像“大海里坐在浪尖儿上的跳珠飞沫，迎日月之光而斗辉，可说是大丈夫得志了”。

杨绛和钱钟书自然懂得身在“蛇阱”中的无奈，但他们偏偏不爱这样的生活，杨绛更是说过，从古到今一向有人可以避开“蛇阱”之争，做到“藏身”或是“陆沉”，隐身在人群之中，像海水中的水珠，草丛中的细小的野花，舒适安闲，一如陶渊明那般，这样的生活，才能让人存天真，成自然，“潜心一志完成自己能做的事”。杨绛明白钱钟书的心思，更因为她和钱钟书有着一样的追求和生活态度，杨绛在搬到中关园后，还特意在宿舍门前种了五棵柳树，以此明志，做一个现代的“五柳先生”。

由于搬到中关园宿舍时，钱瑗已经开始住校，杨绛后期的回忆文章里，对“容安室”内的书卷生活并没有过多提及，但透过钱钟书在1954年写下的《容安室休沐杂咏》组诗，我们多少能窥见杨绛与钱钟书夫妇在“容安室”中的生活侧面。

曲屏掩映乱书堆，家具无多位置才；容膝易安随处可，不须三经羡归来。

渐起人声混晓际，难追梦境有无间；饶渠日出还生事，领取当前倚枕闲。

盆兰得暖暗抽芽，失喜朝来竟吐花；灌溉戏将牛乳泼，晨餐分减玉川茶。

倏然凤尾拂阶长，檐菊花开亦道场；楚楚最怜肠断草，春人憔悴对秋娘。

积李崇桃得气先，折来芍药尚馀妍；只禁几次瓶花换，断送春光又一年。

音书人事本萧条，广论何心续孝标；应是有情无着处，春风蛱蝶忆儿猫。

醇酒醉人春气味，酥油委地懒形模；日迅身困差无客，午枕犹堪了睡逋。

向晚东风着意狂，等闲残照下西墙；乍缘生事嫌朝日，又为无情闹夕阳。

生憎鹅鸭恼比邻，长负双柑斗酒心；河燕流莺都绝迹，门前闲煞柳成荫。

袅袅鹅黄已可攀，梢头月上足盘桓；垂杨合是君家树，并作先生五柳看。

“休沐”直译为休息沐浴，合在一处有休闲之意，从组诗名字就能看出，钱钟书的“杂咏”是写居家生活，比如窄小居室中不可缺少的“乱书堆”；清晨被人声惊扰驱散的“梦境”；因清晨开花而用牛奶浇灌的“盆兰”；阶前与房间内盛开凋谢，随着流年更换的“菊”、“李”、“桃”和“芍药”；春风又吹彩蝶飞时记起的爱追蝴蝶的“花花儿”，还有在“朝日”与“夕阳”中闲闲晃动的柳树，透着鹅黄，到夜里足已撑起一盘月色，像极了众人心目中的五柳先生。

1955年年中，杨绛开始翻译法国作家勒萨日的著名小说《吉尔·布拉斯》。

勒萨日是18世纪初著名的法国小说家，他是一个公证人家庭的独生子，一生中做过律师，也在税务局做过职员，之后以写作为生，但与当时选择投靠权贵的大多数文人不同，他一向倨傲高冷，他的剧本也都在贴近大众的市场剧院上演，因此他的作品在平民中广为流传，受到大众的喜爱，最著名的有喜剧《主仆争风》、讽刺剧《杜卡莱先生》，等等。

勒萨日的《吉尔·布拉斯》，是除了《跛腿魔鬼》之外最著名的长篇小说，它成功跻身于法国18世纪上半叶最优秀的现实主义小说榜单，甚至还受到马克思的好评。

正是因为欣赏勒萨日的作品，杨绛投入大量心血，将《吉尔·布拉斯》翻译出来。

这本小说通过第一人称自述的方式，展现了出身贫寒的少年“吉尔·布拉斯”如何发迹的故事，通过主人公的视角，观察、融入封建制度濒临崩溃的西方社会，描写得生动而真实，塑造并刻画出一个出身于市民阶层，依靠投机取巧最终致富得势的典型人物。

按照内容和写作手法归类，《吉尔·布拉斯》应该算作一部流浪汉小说，但主人公“吉尔·布拉斯”又与通常的流浪汉不同，比如：“他受过一些教育，无需在饥饿线上挣扎，他通过小道关系投靠结交权贵，到晚年甚至身份和财产双收。”

在杨绛看来，“吉尔·布拉斯”是个“通才”，他没太大的能力，但不缺小聪明，虽然平时怯懦，但被逼上绝路时也懂得拼一把，无论做医生、佣人、管家、大主教或首相秘书，他都可以，若是摔倒，也不会抱怨命运的不公，而是马上爬起来继续向前。

故事中，“吉尔·布拉斯”从一个只想创一份家业的小市民阶层，变成谨慎有钱的大乡绅，每次经历都能给他带来教训，进而促使他调整自己为人处世的方式，但无论他成为何等身份和地位的人，他的个性从未改变，增添的只有经验，毛病和缺点却并没有改掉，他一直虚伪，受到良心谴责时下定决心要做个好人，但等到名利当前，却又将崇高抛在脑后，做出下流无耻的勾当。作者就是通过这样一个“流浪汉”主人公，用他观察精微的能力，对自己的反省和了解，带领读者到社会的每个阶层和角落去游历，走遍社会的黑暗与纷争。

在《吉尔·布拉斯》中，勒萨日并没有细致描写主人公的个性，而是通过他在不同环境中的举止和言谈加以衬托，因为社会复杂而包罗万千，层面繁多，谁也不可能用一个故事来展现全部，必须通过一个主角和许多个不连贯的故事，才能展现角色所处的整个环境。

在歌德的比喻中，很多故事里的主角就像一条绳索，不论发生了多少事都可以挂在上面，但“吉尔·布拉斯”不仅是一条绳索那么简单，他还有着不断变化和发展的个性与人格，随着故事的推进，主人公的角色不断饱满，让小说也变得更具有统一性。

1956年，杨绛翻译的《吉尔·布拉斯》中译本出版，在译本序言中，她依照从前“八股文”的写法，阐述了这本书被称为“伟大现实主义小说”的原因，论述分为时代和社会背景、思想性、艺术性、局限和影响，一共五点，所以杨绛也将自己的这篇序称为“五点文”。

令杨绛没有想到的是，《吉尔·布拉斯》在西方文学史上具有重要地位，苏联专著评价它为“伟大的现实主义小说”，马克思也对这部作品赞赏有加。

钱钟书在1956年底完成了《宋诗选注》，这本书在1958

年出版，与杨绛的《吉尔·布拉斯》以及其他专业论文一起，共同组成了两人“容安室笔耕时代”前期的代表作品。

论文与观点的自由性

对于热爱文字的人，放下纸笔停止写作是一件很艰难的事，甚至是一件不可能完成的“壮举”。所以，在完成《吉尔·布拉斯》的翻译工作之后，她又“技痒”地写下几篇关于外国文学的长篇论文。1957 年，杨绛在文学所主办的《文学研究》季刊第二期上，发表了一篇名为《斐尔丁在小说方面的理论与实践》的论文，后来这篇论文改名为《斐尔丁的小说理论》。

斐尔丁是 18 世纪英国著名的现实主义小说家，文学史家更是将他称为英国小说的鼻祖。他出生在英国西南一个没落的贵族家庭，幼年时的家庭环境，对斐尔丁后来的作品产生了相当大的影响，他的文坛之路由剧本开始，曾经创作了二十多部剧本，但其真正为人称道的文学成就主要体现在小说方面，除了代表作《汤姆·琼斯》，还有《约瑟夫·安德鲁斯的经历》《大伟人江奈生·魏尔德传》《阿米丽亚》等小说，这几部小说都属于流浪汉题材，具有浓烈的现实主义讽刺意味。由于作品主旨在于揭露西方黑暗的社会现实，斐尔丁一直受到马克思的喜爱，司各脱、萨克雷、高尔基等人也对他的作品非常推崇。

在创作小说的同时，斐尔丁还是一名小说理论家，但他没有将自己的论点整理成系统的理论专著，而是随意地将它们分散在自己小说的献词、序言中，在《汤姆·琼斯》每卷的第一章，以及其他小说的叙事正文里，都能看到斐尔丁的理论分析。

斐尔丁对古希腊、罗马经典非常熟悉，小说理论的大部分内容都来源于亚里士多德的《诗学》以及贺拉斯的《诗艺》。据他自己说，他经常把古代好作品的片断翻译过来直接用，既不标注原文，也不会指明出处，所以，想要整理斐尔丁的小说理论，并将其条理清晰地阐述出来，相当困难。

杨绛在写下这篇论文时，对斐尔丁参照的原著进行了大量研究，她抛开译本，直接研读。就像她自己说的那样："我们若要充分了解他的理论，就得找出他的蓝本对照一下。因为斐尔丁自己熟读经典，引用时往往笼统一提。我们参看了他的蓝本，才知道他笼统一提的地方包含着什么意义，并且了解他在创作中应用了什么原则，尤其重要的是，我们在对照中可以看出他推陈出新的地方。"

事实上，杨绛做到了，在她的长篇论文中，杨绛从七个方面分析、整理和阐述了斐尔丁的小说理论：

一、“散文体的滑稽史诗”

斐尔丁称自己的小说是“散文体的滑稽史诗”，简单说，就是将小说比喻成史诗。古希腊和古罗马史诗大多以英雄与战争为题材，场面恢宏，人物众多，故事与角色之间结构复杂，很多都是悲剧结局或反讽结局。斐尔丁将自己的小说称为“散文体的滑稽史诗”，是指自己的小说场面宏大、人物繁多，但故事不是悲剧性的而是喜剧性的，是“滑稽”，在语言上不用史诗中的韵文，而用散文笔法，是“散文体”，不写英雄转而写普通人物，则是斐尔丁的现实主义追求所在。

二、严格模仿自然

在斐尔丁的理论中，一切规律都服从于一条总规律之下，就是“严格模仿自然”，无论是叙述故事还是描写人物，这一条规律都是第一位的。杨绛在论文中指出，“所谓‘模仿’无非表示他师法经典作家——师法自古以来大家公认为合乎自然的作品，并不是亦步亦趋地依傍学样”。笔下的人物应该既不夸张也不美化，严肃认真地刻画人物的性格和类型，小说家对于人物性格的描写，不能只停留在写出同类人物共性的层面上，还要写出每个人的特性。在叙述故事方面，斐尔丁则提倡“小说家的职责是据事实叙述”“不写不可能的事，不写不合情理的事”“从事实上概括出人生的真相，选择稀奇有趣的事，按人生真相加以描摹”。这些“模仿自然”和不夸张美化、据实描述的写法，都极具现实主义风格。

三、“滑稽史诗”的取材范围

斐尔丁自己说他的题材无非是来自人性，不过，他只写那些可笑的方面。杨绛指出：“斐尔丁认为可笑的根源出于虚伪。虚伪又有两个原因：虚荣和欺诈。出于虚荣的作伪不过掩饰一部分真情，出于欺诈的作伪和真情完全不合。揭破虚伪，露出真情，使读者失惊而失笑，这就写出可笑的情景……从斐尔丁本人的话和他根据的理论，可见斐尔丁所谓可笑，是指人类的偏僻，痴愚，虚伪等等；笑是从不相称的对比中发生的。”这种具有讽刺意味的可笑情景，很多时候都带有对黑暗社会的揭露与批判，这也是现实主义广受民众欢迎的一大原因。

四、笑的目的以及小说的目的

这是关于一个作家为何写作的根本动机。杨绛强调，斐尔丁自己也承认，贴合自然的作品引发的笑比刻意设定的更有意义，其教育意义也更容易被人接受。这种笑不是为了讽刺某个人或某类人，而是要“举起明镜，让千千万万的人从中照见自己的丑相，由羞愧而知悔改”。小说的趣味性是必要的，但在趣味中总要掺入教训，达到警恶劝善的作用。

五、小说家必具的条件

通观斐尔丁的理论，杨绛归纳了他眼中能成为小说家的四个条件：天才、学问、经验与一颗爱着人类的心灵。

六、讲故事和发表议论

斐尔丁写小说时很喜欢对情节和人物发表议论，有时候甚至会扯到题外去，读者常常会觉得议论阻碍了情节发展，他们会选择草草看过，甚至大段大段地略去不看。不过，斐尔丁对此不以为意，身为作者，他本着自定规则的精神，坚持对自己故事里的情节和人物做解释和批评。

七、“滑稽史诗”与传记

斐尔丁将《汤姆·琼斯》归类为传记，在他看来，传记就是史诗，而不是“传奇”，因为传记写的是现实，而传奇总是藏在传说荒唐的面纱下冒充真实，根本不具备教育意义，而他自己的小说是现实的、真实的，所以才能被称为“滑稽史诗”。

在这篇论文专著中，杨绛通过分析斐尔丁的小说理论，探讨了西方早期小说的理论沿革，也展露出她对西方文学的深度了解。从这篇论文中可以看出，虽然杨绛平时博览群书，为了论文还查找了大量资料，但她却很少在正文中进行大篇幅的引用，而是只在注释里说明资料出处，并力求用自己的语言精确表达。在她的论文中，有一段关于亚里士多德对悲剧和史诗议论的简要复述，只有大约 600 字，却清晰明了、表意完整充分，就算从没读过《诗学》的读者，也绝不会看得云里雾里，从这个细节上，可以看出，杨绛踏实的治学态度与真诚平实的行文习惯。

在这篇论文的结束，杨绛还写道："从斐尔丁的作品里撮述了他的小说理论，也许可供批判借鉴之用。"这里所谓的批判，自然是对西方某些文学作品的批判。

第二章
一抹颜色

永恒的温暖与阳光

在文学所期间，杨绛与钱钟书的日常工作体力多于脑力，可以说非常辛苦，但他们依旧从容平和，过着令人向往的和谐生活，这大约得益于他们对文学共同的热爱，以及对生活的信心与希望。与杨绛和钱钟书同为社科院同事的朱寨，曾在 20 世纪末写下一篇《走在人生边上的钱钟书先

生》，并在其中回忆了他眼中的杨绛与钱钟书。

当时文学所虽然已脱离北大归属中国科学院，而机关仍在西郊中关村。当年的中关村，真是名副其实的郊野风味。树木郁郁葱葱，田园绿阴，特别是夕阳余晖中，景色更是宜人。此时，钱钟书先生与夫人杨绛女士正在田间道路上并肩散步。我因家在城里，晚上要乘公共汽车回城，于是便偶然相遇了。我对他们早有所闻，便主动迎向前去打招呼。未料，他们对我这个新来人似乎也有所闻，正因为是新来者的缘故，对我格外客气热情。钱先生并不像他的名气容易让人设想的居高临下，反倒谦逊得有些拘谨腼腆。当我表示久仰的时候，他羞赧地抱起双拳，"呶呶呶……"地摇着头后退。本来杨绛女士仰着甜美的笑脸，还要询问恳谈些什么，也只好后退，催我去赶车："不耽误你回家。"他们并立，一定让我先行，就这偶然一回便熟了。

我站在公共汽车站站牌下等车，还能看到他们漫步的身影。可以看到，他们不仅对我，对其他路人也都客气谦让；即使路上没有其他行人，他们也都走在道边。

1959 年，杨绛又开始写研究文章，在《文学遗产》1959 年第三期上，她发表了《论萨克雷〈名利场〉》，这篇论文是杨绛为自己的小妹妹杨必所写。

在杨绛和钱钟书离开清华校园时，杨必则被分配到上海复旦大学任外文系副教授，她利用业余时间，翻译了英国名著《名利场》，在此之前，她已经翻译出版了《剥削世家》。杨绛的这篇《论萨克雷〈名利场〉》，原题为《萨克雷〈名利场〉序》，正是写给杨必译作的序文。

萨克雷是英国著名的批判现实主义作家，他的《名利场》一书更是被公认为英国文学的里程碑。在这篇论文中，杨绛先引用了马克思和车尔尼雪夫斯基对萨克雷的论述，按照萨克雷的原话以及《名利场》的原著，对萨克雷作品中对现实的真实描摹，以及文中宣扬的仁爱精神进行了客观评价。

《名利场》揭露的真实就是资本主义的丑恶。萨克雷说，描写真实就必定要暴露许多不愉快的事实。他每到真实，总说是“不愉快的”，可是还得据实描写……萨克雷不仅描写“名利场”上种种丑恶的现象，还想指出这些现象的根源。他看到败坏人类品性的根源是笼罩着整个社会的自私自利……他描写人物力求客观，无论是他喜爱赞美的，或是憎恶笑骂的，总是他们的好处坏处面面写到，决不因为自己的爱憎而把他们写成单纯的正面或反面人物……《名利场》在英国文学史上有重要的地位。萨克雷用许许多多真实的细节，具体描摹出一个社会的横切面和一个时代的片断，在那时候只有法国的司汤达和巴尔扎克用过这种笔法，英国小说史上他还是个草创者。他为了描写真实，在写《名利场》时打破了许多写小说的常规。这部小说，可以说在英国现实主义小说的发展史上开辟了新的境地。

不过，杨绛也提出萨克雷写作的一个“不良习惯”，就是他和小说家斐尔丁一样，喜欢在故事中夹叙夹议，针对这种做法，杨绛直言不讳地给出了评价：“作家露面发表议论会打断故事，引起读者嫌厌。”

《论萨克雷〈名利场〉》发表后，杨绛开始筹备与进行《堂吉诃德》的翻译工作。1962 到 1964 年之间，在翻译《堂吉诃德》的同时，她还撰写了几篇文学评论，比如 1962 年的《艺术是克服困难——读〈红楼梦〉偶记》，1964 年的《堂吉诃德和〈堂吉诃德〉》以及《李渔论戏剧结构》，这段时间，杨绛发表的论文虽然数量不多，但它们无一例外地展现出她独特的鉴赏力和在比较文学专业的深厚功力。

对杨绛来说，作品和论文是否能被人接受似乎并不重要，她热爱的从来都是文学本身，它为她带来温暖与阳光，无论何时何地，只要能于文学之丘伫立片刻，她的内心就会感受到无比的宁静与充实。

从山村返京之后，杨绛回到研究所继续上班。之前的那些磨炼并没有给她留下痛苦的回忆，她依旧像之前一样平和欢喜，继续指导那些年轻的研究员进行翻译工作。

朱光潜在北京大学的学生中，有一位名叫董衡巽，毕业后，他被分配到文学所，进入了杨绛所在的单位。在当时，年轻人刚进入工作单位，都会有老一辈的资深专家进行指导，担任“领进门的师父”，而董衡巽的“师父”正是杨绛。

开始时杨绛很谦虚，不肯答应，称自己思想水平不够，无法指导年轻同志，直到后来。和董衡巽接触得多了一些，发现他对文学也有兴趣，这才同意下来，就这样，董衡巽成为了杨绛的“弟子”。

董衡巽后来曾回忆，他“一直想向杨绛先生学点翻译的本事”，于是便翻译了英国小说家萨基的短篇小说《开着的窗门》，拿去请杨绛指点。

杨绛很快就看完译稿，将董衡巽找来，见面第一句便问：“你是不是朱光潜先生的高才生?”董衡巽以为杨绛想要夸奖自己，连忙谦虚地说着“不是”，心里却偷偷得意，可当他接过自己的译稿，脸却刷一下红了。

译稿上被杨绛打了十几个问号，他心里不明白，自己明明译得用心，为何还会有错误。杨绛似乎知道董衡巽在想什么，她问了董衡巽的翻译过程，指出他在翻译方法上的错误。

回家后，董衡巽对着那些问号仔细琢磨，又按照杨绛的指点重新尝试翻译和修改。董衡巽对杨绛的指点和帮助非常感激，她让他明白，“翻译是一件难事，这难首先难在态度。即使属于水平方面的问题，如果竭尽全力反复琢磨，也会减少一点错误。也许可以这样认为：认真的翻译和不认真的翻译，对于同一个译者来说，效果的差别会是惊人的。”

在对董衡巽的指导上，杨绛非常认真，她列出长长的书单让董衡巽阅读，书单上都是英国当代文学作品，杨绛既指导董衡巽进行阅读，也会随时解答他的问题，每次的翻译习作也都会精心批改。董衡巽对这位“师父”十分敬重，对杨绛的翻译功底也极为推崇，在后来写下的《记杨绛先生》中，他回顾了阅读《吉尔·布拉斯》时的体会。

为了提高翻译水平，我读了杨先生翻译的法国文学名著《吉尔·布拉斯》。读的时候很感到一种语言文体美。译文像行云，像流水，从容舒缓，有时夹杂一些上海话，虽是方言，却与自然流畅的译文浑然一体。流浪汉体小说有时枝蔓横生，但得力于译文的可读，我能一口气读完。不过，读完之后，我产生过一点疑虑：原文也是这样优美、这样畅达吗？其中有没有译者的“加工”？当时不无疑虑。我不通法文，不敢妄说。

最近读到法国文学专家郑永慧同志的文章。她说：“我在大学时看过《吉尔·布拉斯》原文，对勒萨日的文章有一定的印象，50年代读杨绛的译本时，就惊异于行文之流畅，用词之丰富，认为完全符合茅盾同志的要求：‘运用适合于原作风格的文学语言，把原作的内容与形式正确无遗地再现出来’，应认为是文学翻译中卓越的范例。”

凭着对文学的热爱，杨绛获得了一种平和坚定、不怨不艾的精神力量，这股力量在后来一直陪伴、保护着杨绛，让她在行尽坎坷之后，成为更从容的自己。

杨绛的气质端庄温润，但用董衡巽的评价来形容，那便是：“杨先生这个人，没事，绝不去惹事；有事，也绝不怕事。”

杨绛的体面，那是从内而外流露出的气质，就像一盏明灯，总能驱散周围的黑暗和寒冷。

《堂吉诃德》失而复得记

相比于同时代的其他女性文学家，杨绛留下的小说、诗歌等作品并不多，她的成就有很大一部分都体现在翻译领域，同时代的文学家和评论家也对她的翻译作品非常推崇。

20 世纪 50 年代初期，时任北京大学教授的朱光潜先生就赞扬过杨绛的翻译成就，那是一次与学生的闲聊，朱光潜的学生向他提问："全中国翻译谁最好？"

朱光潜表示这个问题可以分为三个方面：散文（包含小说类）翻译、诗歌翻译以及理论翻译。

于是学生又细化地追问下去："那么散文翻译谁最好？"

朱光潜想也不想地回答："杨绛最好。"

在杨绛看来，翻译是一个"一仆二主"的辛苦工作，在对原著进行翻译时，既要与原文相应，又要兼顾本国读者的阅读习惯，反而比原创更加辛苦。杨绛干脆就"躲"进了翻译工作中，钱钟书笑杨绛是"借尸还魂"，继续笔耕，而杨绛却说自己只是想借此"遁身"。

在第一部译作《小癞子》之后，1956 年，杨绛出版的译作《吉尔·布拉斯》受到读者和业内同行的好评。当时任中宣部副部长的林默涵读过《吉尔·布拉斯》后，希望杨绛能重译《堂吉诃德》，无论是从哪种文字的译本转译都可以。

一向治学严谨的杨绛找来五种《堂吉诃德》的译本，仔细进行对比，但它们都是英文和法文译本，不能完全代表原作，于是杨绛决定，先“偷空学西班牙语”，争取从原著进行翻译。

从1959年初开始，48岁的杨绛开始自学西班牙语，坚持到1962年时，她的西班牙语水平已经不只停留在简单的常用语水平，而是可以读懂较为艰深的小说了，但即使是这样，她也还是有些信心不足。

于是杨绛去问钱钟书：“我读西班牙文，口音不准，也不会说，我能翻译西班牙文吗？”

钱钟书反问：“翻译咱们中国经典的译者，能说中国话吗？”

杨绛听了之后茅塞顿开，她不再犹豫迟疑，开始动笔进行翻译。杨绛做事喜欢有计划有条理，为了《堂吉诃德》的翻译工作，她定下计划表，努力按计划推进，不过，因为很多原因，她的既定计划进行得并不顺利。在杨绛晚年写下的《丙午丁未年纪事——乌云与金边》中，写下了那段时间里翻译工作的艰辛和坚持。

无数的学习会、讨论会、报告会等等，占去不少时日，或把可工作的日子割裂得零零碎碎。……我如果精神好，我就超额多干；如果工作顺利，就是说，原文不太艰难，我也超额多干。超额的成果我留作“私蓄”，有亏欠可以弥补。攒些“私蓄”很吃力，所以我老在早作晚息攒“私蓄”……

杨绛翻译时很少逐字逐句地对照着翻，她会将一段文字拆散，根据原文主旨，按汉语的语言习惯重新组织，也就是我们常说的“意译”，有时候为了用准一个词语，需要思考很久，杨绛只能利用零碎时间翻译，每天 500 字左右，从不间断。

杨绛在翻译《堂吉诃德》时，总会先写草稿，进行修改核定后，再将译稿誊好，之后把草稿扔掉，打算之后在译稿上再次进行修改和加工。

1966 年 8 月 26 日晚上，天下着雨，一个出版社的同志将她的所有书稿都收了回去，其中就有《堂吉诃德》。

后来，杨绛几次试着讨要译稿，但很多人因为不了解情况，都选择不管不问，直到又过了两年左右时间，之前杨绛去送稿子时见到过的那位组秘书来到学部，成为带领杨绛等人学习的学习组长，机会才终于到来。

一天晚上，杨绛趁着学习空隙，偷偷给组秘书递了一张条子，第二天早上他便找来杨绛问明情况，很快帮她找回了译稿。就这样，经过几年努力，《堂吉诃德》终于得救了。

杨绛就像找回了自己走失多年的孩子，开心得不行，她将稿子抱回家，好生藏起，但那时激动的心情却被她永远留在了文字中："落难的堂吉诃德居然碰到这样一位扶危济困的骑士！我的感激，远远超过了我对许多人、许多事的恼怒和失望。"而正是这份身世坎坷的稿件，后来几经加工，成为国内首屈一指的翻译版本。

第三章

生活本就是素材

菜园里的白头偕老

杨绛与钱钟书的住所“虽然相去不过一小时的路程，却各有所属”，杨绛是外文所，钱钟书是文学所。

杨绛等人先暂时借住在老乡家里，之后，杨绛也被分到了“菜园班”。

菜园需要日夜留人看守，为了方便，他们在菜地里盖了一个简陋的“窝棚”，杨绛的工作是在白天看守菜园。

因为是独自一人，杨绛的看园生活很自由，她会利用这段时间看书，有时候也会写东西，她将自己的见闻和感受写下来，也会给钱钟书写很多信。钱钟书是信差，送信取信时必经的路与这个“窝棚”离得很近，钱钟书每天都会顺路到菜园来看杨绛，杨绛就把自己写的信或是文章交给钱钟书，这样的相会持续了一年时间光景。

就这样，两人依旧像从前一样每天见面，很容易让人联想起当初在牛津时每晚一起散步的习惯。当时与杨绛一起的张佩芬，后来在《文汇报》上撰文回忆起那段时光。

我和杨先生进一步相熟，只有短暂时光——在河南息县一座农舍里，自夏至冬，有过半年的“联床之谊”。……隔了三十年后，再回溯水井边、棚屋里那一次次夜谈，越发感到她的坚强。她坐在不舒服的小马扎上，轻声叙说她儿时双亲老家、妹妹杨必、女儿钱瑗和丈夫钱钟书的趣闻逸事，没有丝毫刻意构造的痕迹，随意而流畅，就像一支美丽乐曲流淌出宜人的旋律，飘散着抚慰人的乐音。我无以为报，只能回赠以老母寄自上海的巧克力等零食，当时对我而言，亦属“割爱”之举了。杨先生从不推辞，却也从不和我同享，多少令我觉得奇怪。有一天我清早出工，走在田间，刚取出一枚无花果要吃，迎头撞上了钱先生，便递给了他。他当即剥去包纸塞进嘴里，现出一脸灿烂的笑容。我顿时悟到杨先生不和我同享的原因。难道还可能有别一种不合乎她本性的做法么？

从杨绛自己的叙述和张佩芬的回忆中，这对60岁上下的老夫妻，他们熟稔彼此的喜好，深知对方的性情，一起品尝甜食，一起讨论文学，一起经受变迁与历练，一起走过从菜园到小溪那段不长的路，就像他们一起走过漫长而美满的人生那样，两厢恬然，一处安宁。

“小趋”与“腐鼠”

杨绛每天的生活很规律，清早吃过早饭，便自己到菜园去，先开门将饭碗等随身物品放下，之后锁好窝棚，去菜地里巡视。东边的地里种着胡萝卜，因为土干而贫瘠，胡萝卜长得不好，可是长得稍大一些的萝卜，还是会被人拔走，北边则种着白菜，一旦菜心长得饱满，就会被人砍下去，只留下菜根，有一次，杨绛甚至发现有三四棵长好的大白菜已经被从根部砍断，但因为来不及拿走，一棵棵端正地站在畦里，就像年轻的哨兵一般，为了防止被偷，菜园班的人只能提前将那些白菜收割掉。

这个时期，菜园班里一位姓区的诗人从砖窑捡回了一条小黄狗，大家开玩笑地叫它小趋，后来这名字便传开了，不过除了菜园的人，其他人并不知道“小趋”和“小区”的关系。

在枯燥的生活中，这条可爱的小黄狗无疑给大家增添了许多快乐，杨绛还专门为这条黄狗写了一章《“小趋”记情》。

默存每到我们的菜园来，总拿些带毛的硬肉皮或带筋的骨头来喂小趋。小趋一见他就蹦跳欢迎。一次，默存带来两个臭蛋——不知谁扔掉的。他对着小趋“啪”一扔，小趋连吃带舔，蛋壳也一屑不剩。我独自一人看园的时候，小趋总和我一同等候默存。它远远看见默存从砖窑北面跑来，就迎上前去，跳呀、蹦呀、叫呀、拼命摇尾巴呀，还不足以表达它的欢欣，特又饶上个打滚儿；打完一滚，又起来摇尾蹦跳，然后又就地打个滚儿。默存大概一辈子也没受到这么热烈的欢迎。他简直无法向前迈步，得我喊着小趋让开路，我们三个才一同来到菜地。

……

小趋见了熟人就跟随不舍。我和阿香每次回连吃饭，小趋就要跟。那时候它还只是一只娃娃狗，相当于学步的孩子，走路滚呀滚的动人怜爱。我们怕它走累了，不让它跟，总把它塞进狗窝，用砖堵上。一次晚上我们回连，已经走到半路，忽发现小趋偷偷儿跟在后面，原来它已破窝而出。那天是雨后，路上很不好走。我们呵骂，它也不理。它滚呀滚地直跟到我们厨房兼食堂的席棚里。大家都爱而怜之，各从口边省下东西来喂它。小趋饱吃了一餐，跟着菜园班长回菜地。那是它第一次出远门。

我独守菜园的时候，起初是到默存那里去吃饭。狗窝关不住小趋，我得把它锁在窝棚里。一次我已经走过砖窑，回头忽见小趋偷偷儿远远地跟着我呢。它显然是从窝棚的秫秸墙里钻了出来。我呵止它，它就站住不动。可是我刚到默存的宿舍，它跟脚也来了；一见默存，快活得大蹦大跳。同屋的人都喜爱娃娃狗，争把自己的饭食喂它。小趋又饱餐了一顿。

小趋先不过是欢迎默存到菜园来，以后就跟随不舍，但它只跟到溪边就回来。有一次默存走到老远，发现小趋还跟在后面。他怕走累了小狗，捉住它送回菜园，叫我紧紧按住，自己赶忙逃跑。谁知那天他领了邮件回去，小趋已在他宿舍门外等候，跳跃着呜呜欢迎。它迎到了默存，又回菜园来陪我。

过了一段时候，……小趋不知怎么就找到了我住的房间。我晚上回屋，旁人常告诉我："你们的小趋来找过你几遍了。"我感它相念，无以为报，常攒些骨头之类的东西喂它……以后我每天早上到菜园去，它就想跟。我喝住它，一次甚至拣起泥块掷它，它才站住了，只远远望着我。有一天下小雨，我独坐在窝棚内，忽听得"呜"一声，小趋跳进门来，高兴得摇着尾巴叫了几声，才傍着我趴下。它找到了从"中心点"到菜园的路！

我到默存处吃饭，一餐饭再加路上来回，至少要半小时。我怕菜园没人看守，经常在"威虎山"坡下食堂买饭。那儿离菜园只六七分钟的路。小趋来做客，我得招待它吃饭。平时我吃半份饭和菜，那天我买了正常的一份，和小趋分吃。食堂到菜园的路虽不远，一路的风很冷。两手捧住饭碗也挡不了寒，饭菜总吹得冰凉，得细嚼缓吞，用嘴里的暖气来加温。小趋哪里等得及我吃完了再喂它呢，不停的只顾蹦跳着讨吃。我得把饭碗一手高高擎起，舀一匙饭和菜倒在自己嘴里，再舀一匙倒在纸上，用另一手送与小趋；不然它就不客气要来舔我的碗匙了。我们这样分享了晚餐，然后我洗净碗匙，收拾了东西，带着小趋回去。

一天晚上，杨绛洗漱完毕回去睡觉，因为光线暗，隐约看见床上有两堆东西，她用手电照过去，只见那是一只血淋淋的死老鼠，想来是房东家的猫放在那里的。

没人敢用手去捡，杨绛将枕头和被子挪开，在同伴帮助下，提起床单四角，兜着老鼠出去，将它抖落在后院的垃圾堆上。第二天一早，她便开始洗床单，不断地洗，想洗掉那血迹，那天见面，她将这件事告诉钱钟书，说猫咪“以腐鼠‘饷’我”，钱钟书则安慰她说：“这是吉兆，也许你要离开此处了。死鼠内脏和身躯分成两堆，离也；鼠者，处也。”

听钱钟书用圆梦术和拆字法牵强地分析着，杨绛大笑起来，但这笑却不是因为高兴，而是感动于钱钟书煞费苦心的宽慰。

大约真如钱钟书所说，死老鼠是吉兆，那年年底，邮电所相熟的同志向钱钟书透露说，有一批人将回京，名单上也有他的名字。杨绛听说此事也是喜出望外，她盘算着：“默存若能回家，和阿圆相依为命，我一人在这就放心释虑；而且每年一度还可以回京探亲。”

在迫切的期待中，杨绛甚至已经开始盘算着如何收拾行李，没想到待名单公布时，上面却没有钱钟书的名字。杨绛心中一片凄凉，想到可能再也走不成，便指着窝棚问钱钟书："给咱们这样一个棚，咱们就住下，行吗？"

钱钟书思索片刻，摇头答："没有书。"

杨绛默然片刻，认同了钱钟书的说法。从巴黎归国后，再难的岁月他们都未曾抱怨过苦痛，甚至从未后悔当初留在这片土地上，但当他们的身边没有书，生命仿佛也变得残缺了。

不只是回忆的人和事

搬到明港后，条件改善了很多。

钱钟书随身携带的书籍和笔记，比如字典之类的工具书或是碑帖都可以拿出来进行阅读，杨绛和钱钟书还曾向李文俊借阅过原版的《大卫·科波菲尔》。根据李文俊后来在《同伙记趣》中的回忆，这本书被杨绛和钱钟书借阅后，被他们用铅笔标满了"？""×""√""！"等等符号。

那时杨绛和钱钟书等人主要以学习为主，看电影也是学习的一种方式，虽然谁也不许"逃课"，但钱钟书眼睛不好，看不见屏幕，所以可以不去看。

每到放电影的晚上，杨绛等人就在吃过晚饭后拿着马扎儿小凳，在广场上按划好的区域坐好，有时候下雨，还要带雨具，天热时还有成群的蚊子来袭，不过看电影也有好处，杨绛有时累了就会闭上眼睛歇一歇，放映的电影不多，一次没看到的地方，下一次就看到了，更何况宿舍里同住着30个人，大家议论她来听，听着听着便也全都知道了。

一次看完电影，杨绛照例神游一气，她跟着队伍向宿舍走去，却没留意自己跟的是谁，等到发现前面的人越来越少，大家各走各的，她才发现自己已经跟进了别人的宿舍走廊。杨绛连忙离开那宿舍，去找队伍，却发现队伍也只剩了尾巴，很快，大家都各自回了宿舍，她却迷路了。

杨绛问了几个人，都说不知道，也没空理她，都匆匆回了自己宿舍，杨绛没办法，只好自己摸索着找回去。杨绛认得几个星座，但天上星星很多，看上去乱糟糟，她不会用星座辨认方向，只知道自己的宿舍在南边，离得不近。她顾不得走小路，直接向南走去，却一头扎进了菜园。杨绛一手提着小马扎，一手拿着手电，小心地踢开菜叶慢慢落脚，如履薄冰地走着，走完一片，还有一片，好不容易出了菜地，又走了一段路，才找到有石块的大路，她连跑带走，赶回宿舍。幸运的是，她回宿舍时，屋里还没熄灯，最后一批上厕所的人才回来，她也好像是去了厕所刚刚回屋的样子。杨绛这才松了口气，晚上躺在床上时，她的心里满是安稳与庆幸。

一次钱钟书牙痛，杨绛的眼睛不好，两个人便约好日期，分别请假，结伴去信阳看病。谁知道，医院发明了一种“按摩拔牙”的方式，按一下拔一颗，把病人全都吓跑了，钱钟书也不例外，最后，杨绛和钱钟书趁着这天假期，来到附近一个旅游地，当杨绛后来再回忆起时，连那里的名字都记不得，印象里，只有矮矮的土山，半干的水塘，破败的长桥，以及那天两人轻松快活的心情。

1972 年 3 月，周恩来总理调钱钟书回北京，参加毛泽东诗词的英译工作，于是，杨绛和钱钟书那年第一批回到北京。

杨绛待人向来是和善热情的，无论在北京、在外文所，她都会在他人需要时，尽自己所能地伸出援手。

杨绛还在外文所时，晚辈研究员的工资都不高，每月 56 元，遇上年节，或是家里有急事，经常应付不开，杨绛一旦知道，总会想办法资助他们，她曾为了帮助晚辈朱虹将孩子送回老家，直接送了 300 元过去，而每到春节、“五一”“十一”这样的大节日，杨绛都会扮成“散财童子”，给好几家人送钱。

在人们的回忆里，杨绛的口袋里总装些奶糖，见到同事会每人发几块，有时候还会被批评，说她“这人塞几块(糖)，那人塞几块”，可是，在那个物质匮乏的年代里，一块糖带来的满口香甜，怕是会让人终身难忘吧！

杨绛平淡从容的风格，带着人情味的视角，总能在不经意间叩响心弦，引发巨大的震撼和无尽的反思。不要说岁月无情，当她历经磨洗，最后留下的，又何尝不是最闪耀的光芒？那些“含蕴着光和热的金边”环绕在她的身边，温暖、明亮，令人禁不住热泪盈眶。

第五卷

一别生死两茫茫

第一章
我们仨失散了

文坛双剑，名起文章

有这样一种人，有能力对自己经历过的痛苦淡然应之，那些当时苦到心底苦进肚子里的泪水，都成了遥远但并不模糊的往事。内心勇武的杨绛在古稀之年提起笔，她跳出了自我经历中的悲欢离合，一笔写尽周遭人事中的欢笑悲苦，成为那个年代不可多得的经典之作。

在“我们仨”共同度过的最后二十多年时光里，他们的生命因迟暮而衰弱，但他们的文学成就却大放异彩，交相辉映，成为令人艳羡的文坛伉俪；他们正如胡河清赞叹的那般，“是当代文学中的一双名剑。钱钟书如英气流动之雄剑，常常出匣自鸣，语惊天下；杨绛则如青光含藏之雌剑，大智若愚，不显刀刃”。

杨绛不单“不显刀刃”，还是位“名器晚成”的作家，与同时代的其他女作家相比，她虽然凭剧本出道较早，但因战争和运动影响，成名却在晚年，当与她年纪相仿的女作家年少成名、中年坎坷甚至早亡时，她一直默默地在颠沛流离中努力地经营生活，而当同代人垂垂老矣心气黯淡，她却刚刚开始头角峥嵘。她的“晚成”，是她自己的选择，也是整个时代造就的巧合；但正因为这样的“晚”，让她有更多时间去经历，有更多心情去体会，也有了更深厚的精神底蕴，展现给文字对面的读者。

1978 年 3 月，由杨绛翻译的《堂吉诃德》出版问世，又过了一年，1979 年 8 月，钱钟书的《管锥编》出版。这两本书产生于学部的一间小办公室里，它们一经问世就震惊了整个阅读人群，因为没人能想到，在那样动荡流离的环境中，还有人在坚持不懈地著书治学，为惨淡复兴的文学事业贡献一份不容小觑的力量。

也许是巧合，又或是两人命中长久的缘分，杨绛的《堂吉诃德》完稿时，钱钟书刚好将《管锥编》校订完毕。大约是觉得经历了之前的种种磨难，此番成稿颇为不易，钱钟书兴致很高，他突发奇想地提议要和杨绛互换题签。杨绛虽不反对，却笑着问他："我的字那么糟，你不怕吃亏么？"钱钟书的回答依旧像个孩子："留个纪念，好玩儿。"从此以后，他们两人若有作品出版，都会互相题签，以资留念，成为一段温馨和美的佳话。

凭借着严谨的治学精神，杨绛翻译的《堂吉诃德》既忠实于原著，又完全符合本国读者的阅读习惯，流畅而幽默，一经上市就广受好评。

世间之事很多都有机缘巧合，《堂吉诃德》出版后不久，西班牙国王携王后一行访华，刚好看到读者正在北京书店门口排着长队购买《堂吉诃德》。1978 年 6 月 15 日，邓小平举行国宴，接待西班牙国王与王后，杨绛也受邀参加了宴会。因为《堂吉诃德》是西班牙著作，邓小平将正在热卖的中译本作为国礼相赠，并将作者杨绛介绍给西班牙国王。当问起《堂吉诃德》是何时翻译时，杨绛来不及详细解释，只答是当年出版的。

杨绛翻译的《堂吉诃德》被带回西班牙后，获得西班牙政府大奖。获奖后，西班牙政府通过驻华大使馆向她发出邀请，希望她出访西班牙，但杨绛素来不喜大型活动，第一任大使发出邀请时，杨绛谢绝，到了第二任大使，换成了正式的邀请函，被杨绛以正式的书面方式谢绝了，但西班牙政府并未放弃，第三任大使通过中国社科院当时的领导马洪去请，这一次，杨绛觉得实在“赖不掉了”，才答应出访。后来每次提起这件事，钱钟书总是很得意地说：“三个大使才请动她！”他很以妻子为傲，但以钱钟书顽童般的性格，怕不单是因为杨绛在文学方面的傲人成就，更因为“三个大使”的事件，刚好与“三请诸葛亮”相吻合吧。

1983 年 11 月，杨绛跟随中国社科院代表团一道出发，去西班牙和英国做学术访问。虽然她曾两次回绝西班牙政府的邀请，但这次访问对她来说还是意义重大，这次西班牙之行，被她写入《〈堂吉诃德〉译余琐掇》一文中。

早在中国明代，意大利耶稣会一位神甫写下《职方外纪》，这是一本记述“绝域风土”的文言文古籍，其中讲到西班牙有一位很厉害的明贤，名叫多斯达笃，他每天能写七万字。杨绛对这个多斯达笃很好奇，在翻译《堂吉诃德》时，她发现了“托斯达多”这个名字，从发音上很像“多斯达笃”，杨绛拿出自己刨根问底的精神，费力考证，发现“多斯达笃”和“托斯达多”一样，都是西班牙阿维拉主教的译音，但这并不是主教的名字，而是绰号，意思是“焦黄脸儿”。杨绛追查到这里便没了下文，这也成为她一直不解和好奇的“秘密”。

到了西班牙，杨绛瞪大眼睛四处留意，果然让她在吃早餐时发现了线索。旅馆的餐桌上，“备有各式面包的盘里，照例有两片焦黄松脆的面包干，封在玻璃纸里，纸上印有‘Pantosotado’二字”，那读音不正是“托斯达多”吗？看着那面包干的颜色，杨绛猜测那位主教的脸色应该就和面包一样。

接着，杨绛在托雷多古城大教堂游览时发现了一间屋子，里面陈列着西班牙历任主教像，却没有那位“托斯达多”，导游介绍说，托斯达多的像在阿维拉，至于这位主教的奇怪绰号，是因为他有着吉普赛人的血统，面色焦黄，和一般的西班牙人不一样。困扰了许久的谜题终于解开，杨绛感到“出乎意外的高兴”。

之后代表团又来到西班牙的塞维利亚市，参观当地的印第安总档案馆，那里陈列着塞万提斯呈送给国王斐利普二世的申请书。得知杨绛是《堂吉诃德》的翻译者，档案馆馆长特地将这封信的原件复制一份，送给杨绛留念。

杨绛的荣誉，并不能掩盖钱钟书的光芒，他和杨绛一起，被尊为文学泰斗，他依旧像年轻时候一样风趣幽默，当年纪增长，他的这种调皮反而显得更加可爱。

1979 年，钱钟书随代表团到美国哈佛大学访问，他发言时，好几种语言运用得行云流水一般熟练，其中还藏有谐音、双关等语言游戏，台下的听众当场听呆，没想到中国还会有如此人物；甚至有人评价，说钱钟书就像一瓶上好的香槟，经年过后，只要在喝前摇一摇，一开瓶盖美酒就会迸射出来，香气四溢，令人炫目。

到了 20 世纪 80 年代，钱钟书的《围城》依旧大火，盛名之下，反而给杨绛和钱钟书带来诸多苦恼：钱钟书每天收到数不清的读者来信，虽然他把回信叫作“还债”，却还是对每一封信认真答复。至于登门拜访的人，钱钟书常常以“我们很忙”为由委婉谢客，所以熟悉他们的人都不忍心浪费杨绛和钱钟书的时间，有时想送些土特产，直接敲敲门，放下东西就可以离开。

从 1977 年开始，杨绛和钱钟书便搬进位于三里河南沙沟的一套房子。这套房子有四室一厅，墙上刷的是白灰，地是水泥的，没有任何豪华装饰。客厅就是书房，书香满溢，墙上还有篆书写成的七言条联，上联“二分流水三分竹”，下联“九日春阴一日晴”，意境隽永。

书房里有两张书桌，一张大的朝西，是钱钟书用的，小的则临窗，是属于杨绛的。很多人看到这两张书桌都会觉得奇怪：“为什么书桌一大一小呢？”

杨绛便笑着解释：“他的名气大，当然用大的；我的名气小，只好用小的！”

当然这只是玩笑，钱钟书需要大桌子，主要是用来回复读者信件的。

经历了一辈子的奔波，杨绛和钱钟书终于有了自己的家，钱瑗那时已经再婚，但偶尔还会回三里河小住，在无人拜访的日子里，“我们仨”还像许多年前那样，静静地一起读书。

生活安稳的那段日子，杨绛创作了一系列作品，除了长篇小说《洗澡》、短篇小说集《倒影集》，还有数十篇散文，《回忆我的父亲》《记杨必》等都是怀人记事的名篇之作。

在生活上，钱钟书是杨绛的书法老师，杨绛每天都要交“作业”，钱钟书则认真批阅，好的画圈儿，不好的打杠。

杨绛则是钱钟书的理发师和“健身教练”，她学了大雁功，便教给钱钟书，让他跟自己一起练，在杨绛的督促下，钱钟书开始整理著作，并在 1994 年完成了《槐聚诗存》的编订，成书之日，钱钟书拉着杨绛的手，感慨地说：“你是最贤的妻，最才的女！”

就在这样平静温馨的时光里，杨绛和钱钟书伴着书香，慢慢变老，安享着静好的岁月。

前缘尽处念钱瑗

理智的人，总能平静地面对自己的衰老。杨绛经常说，她和钱钟书的身体就是“红木家具”，看起来结实又漂亮，实际上却都是用胶水粘连在一起的，只要一碰就会散架。

正如杨绛说的那样，钱钟书的身体开始出现问题。

1994 年 7 月 30 日，正是杨绛 83 岁的阴历生日，到了晚上，钱钟书突然发起高烧，那天钱瑗刚好在家，母女二人便将他连夜送到了医院。

医生起先诊断是肺炎，后来检查一番又查出了膀胱癌，在膀胱癌手术中，并发了肾功能衰竭，又摘掉了一个肾……从那天晚上开始，钱钟书缠绵病榻四年，再也没能回到他们位于三里河的小家。

钱瑗因为工作繁忙，每周只能去探望一两次，每次钱瑗来探病，钱钟书总是特别开心，如果哪天钱瑗走得比平时早，钱钟书就会生气地阻止说："没到时间呢！"之后再过几分钟，他不用看表，直接对女儿说："走吧。"他的时间，每次都算得很准，钱瑗常说父亲是"灵童"。

看着病榻上的钱钟书越发衰弱，杨绛心里明白，他这次是真的要走了，以后的日子，只有她和女儿相依为命了。

可是杨绛万万没有想到，先出事的人却是钱瑗。

1995 年春夏，钱瑗开始咳嗽，她咳得很厉害，后来又变为腰疼，她当时是北师大的博士生导师，同时在北大、北外兼课，另外还要参加各种社会工作，忙得团团转，为了节省时间，钱瑗只是抽空去校医院开药吃，却一直没有听杨绛的劝告，去大医院认真检查。

认识钱瑗的人都说，钱瑗的病是累出来的，她的累并不是因为她追名逐利，而是源于她对工作的责任感。钱瑗住在城里，上班并不方便，若是遇到高峰堵车，她总急得像热锅上的蚂蚁一般，后来她便想到了办法，每天早起早走，避过高峰时段。

一次，她因熬夜起迟了，匆忙出门后一路猛赶，总算按时到了学校。谁料，直到登上教学楼的台阶时，钱瑗才发现自己脚上的布鞋竟然是两样颜色！回去换是不可能的，她只好向一位住校的老师求助，请他回家去向太太借一双鞋给她。

她就这样终日忙碌，若有人关心地问她近况如何时，她总是答“心力交瘁”。别人劝她工作要张弛有度，尽快“勒马”，她只能笑笑说，自己“是骑在虎背上”的。身体再强健的人，也有其承受的极限，更何况钱瑗虽不是娇滴滴的林黛玉，但从小体弱多病，身体并不强健，超负荷的工作，在不知不觉中，慢慢耗尽了她的健康。

1996 年 1 月，腰疼的症状加剧，一天早上，她的腰疼得连床都起不来，钱瑗怕母亲担心，没有告诉杨绛，而是打电话到学校求助，北师大派出一名博士生，带着司机将钱瑗“押送”进医院，临走前，钱瑗还笑呵呵地对杨绛说着：“妈妈等着我，我很快就回来。”

可是这一走，她却再也没有回来，先是查出了骨结核，脊椎有三节病变，再查下去，发现肺有问题，这时她已经转入北京温泉胸科医院，经过专家会诊，确诊为肺癌晚期，考虑到这个结果过于残酷，医生对钱瑗和杨绛都隐瞒了病情，只说是特别厉害的骨结核。

杨绛将医生的诊断告诉了钱钟书，钱钟书也放心许多，还说着：“坏事变好事，从此可卸下校方重担了。此后也有理由可推托不干了。”

一开始，钱瑗以为自己可以康复，积极配合治疗，但化疗的效果日渐衰微，只夺取了一头浓密的黑发，一番折腾下来，她变得越发苍白而消瘦，即使是这样，她也依旧打起精神，对来探望的同事开着玩笑说：“我现在是尼姑了！”

由于腰痛的症状，钱瑗只能平躺在病床上，她和杨绛每晚都会通电话，她们称为“拉拉手指头”。虽然自己的身体越来越虚弱，但在电话里，钱瑗从不说病情，到后来，她因肺功能衰弱不得不长期吸氧，背上还生满褥疮，钱瑗怕母亲看了伤心，总不让杨绛来探望。

钱瑗的病许久不见好转，钱钟书非常忧心，特意从病床上坐起来，给她写信，钱瑗担心父亲，回信汇报说自己情况尚好，虽不能“轻举妄动”，但可以躺在床上慢慢平移。

在钱瑗病重时，她央求杨绛把一直想写的《我们仨》让给她来写。她的第一篇回忆，便是“爸爸逗我玩”，那时她平躺在床上，架一块写字板，只能仰卧着写，字写得歪扭，回忆却是异常美好，她记得自己被父亲用毛笔画脸和肚皮的情景，更怀念父亲用笔和书“埋地雷”，她再从被子里费力翻找的欢乐，她想将这些都写下来，留成他们一家三口最温暖的纪念。

钱瑗在动笔前已经拟好目录，她原本打算写12篇文字，可惜她的身子越来越弱，一共只写下了五篇，便抱憾停笔

1996年11月，医院发出病危通知，女婿这才将钱瑗的病情如实相告，杨绛听后真如五雷轰顶，她不敢告诉病榻上的钱钟书，但钱钟书一直是钱瑗最好的“哥们儿”，父女连心，冥冥中总有奇妙的心电感应相通。就在钱瑗病危后的第八天，杨绛去探望钱钟书，他忽然对着她的背后连着大叫“阿圆”，叫了足有七八声，之后还说要“小王送阿圆转去”，杨绛便问他：“回三里河吗？”钱钟书摇了摇头。杨绛又问：“回西石槽？”这次钱钟书才答：“究竟也不是她的家，叫她回自己的家里去。”

1997年春节，钱瑗给父亲写信，语气很欢快，先是祝他新年快乐，又说他在医院里有很多粉丝，一起祝他新年好。为了让父亲放心，她还在信中写道：“我现在吃得多，出得多，脸是翻司法脱脸盘肥。”“翻司法脱”便是“face fat”的音译，那是一句洋泾浜英语，是钱钟书平日里发明出来，取笑钱瑗脸盘肥的，那是他们之间的游戏，更是他们之间欢乐的回忆。

因为病重，钱瑗已经吃不进东西，但她还是躺在床上，让阿姨拿着纸，给杨绛写菜谱，教她做一些简易方便又有营

养的食物。比如“牛肉汤 + 胡萝卜 + 芹菜 + 西红柿 + 番茄面”“猪肉汤 + 莴笋块或芥菜心 + 菠菜面”。

她知道自己时日无多，心里最挂念的便是年迈的母亲，在电话里，她不无遗憾和歉疚地说着：“娘，你从前有个女儿，现在她没用了。”

“她没用了”，因为她不能守在父母身边，陪伴照顾，因为她将率先离开，让年迈的父母独留人间，白发送黑发。

1997 年 3 月初，钱瑗提出想见母亲。看着虚弱苍白的女儿，杨绛心如刀割，却还是在离开前安慰她说：“安心睡觉，我和爸爸都祝你睡好。”看着白发苍苍却坚强如初的母亲，钱瑗露出了鲜花般的笑容。

就在第二天，1997 年 3 月 4 日下午，在安睡中，钱瑗的心脏停止了跳动。

女儿走了，杨绛生平最好的杰作离开了人世，她不忍去参加遗体送别仪式，只能在心里默默为女儿送行。

钱瑗 11 岁时，回无锡在爷爷家度假，表兄妹们都只顾着在院里玩，她独自跑到爷爷住的厢房，找到一柜子的《少年》杂志，坐在那里静静地看着。钱基博见了大为惊奇，称赞她是“吾家读书种子”，但这颗种子却命途多舛，历经坎坷，一路行来，好不容易落入平静的岁月里，有了发芽和成长的机会，却在中途夭折，成为杨绛心里永远的遗憾和悲痛。

钱瑗去世后，杨绛一直瞒着钱钟书，直到后来，才一点点对他说出实情。她担心钱钟书过于哀痛，还安慰他道："阿必（杨必）也是3月4日去世，8日火化。"女儿先一步而去，钱钟书岂能不痛，但他明白，杨绛的痛苦和他相比，有过之而无不及。许是怕杨绛担心自己，他仿佛自我开解一般轻声说着："必阿姨接了圆圆去了。"

钱瑗在生前的遗嘱里言明自己不留骨灰，但北师大外语系的师生实在不舍，将她的一部分骨灰带回校园，在她生前每天走过的路上选一株雪松，将骨灰埋在树下。

钱瑗去世后百天左右，杨绛悄悄来到北师大的校园，在那株树旁边坐了坐，但她知道，她的圆圆不在树下。苏轼曾作悼亡词，词中有"料得年年肠断处，明月夜，短松冈"的名句，杨绛套用此句，叹说："从此老母肠断处，明月下，常青树。"

明月下，雪松底，女儿静卧在那里，但那个乖巧可爱、体贴暖心的阿圆，却与杨绛和钱钟书失散，在滚滚尘世间失了踪影。她与他们的前缘，彻底尽了，从此，相逢只在怀念中。

请你“死在我头里”

钱瑗急急地去了，只剩下病重的钱钟书，和日益消瘦的杨绛。看着病榻上的钱钟书，杨绛忽然记起小时候父母的一段对话。

每当说起生死，唐须嫈会说：“我死在你头里。”

杨荫杭则说：“我死在你头里。”

唐须嫈想了想，果断地同意道：“还是让你死在我头里吧，我先死了，你怎么办呢?”

那时的杨绛还很小，在她的概念里，死亡是一件非常遥远的事，而当她和钱钟书相伴老去，即将跨入生死离别时，她忽然明白了母亲话里的含义。

一定要比钱钟书多活一年，一定要“夫在先，妻在后”，一定要好生地照顾他，不然，若是她先去了，他该怎么办呢?

旧时代的中国人大多相信命理，钱钟书的父亲钱基博也是如此。当年杨绛与钱钟书匆忙成婚，在两人出国留学之前，钱基博曾经将钱钟书的命书交给杨绛，由她妥善保管。那命书上称钱钟书是：“父猪母鼠，妻小一岁，命中注定。”

最末尾又写："六旬又八载，一去料不返，夕阳西下数已终。"按照命书的推断，钱钟书只能活到68岁。

但钱钟书在生活上向来迷糊，对生年寿数也不是很在意，甚至记不清自己的出生日期。1978年，他刚好68岁，忽然记起命书里提到的寿数，便问杨绛："我哪年死？"杨绛记得清楚，却不愿说明，哄骗说："还有几年。"钱钟书信了，也没再追问，之后又是几年，这件事便完全忘掉了。

令人庆幸的是，钱钟书足足比"命定"多活了20年。而这最后的20年，正是他与杨绛生活上最为平和安详的岁月。

1993年，钱钟书整理完《槐聚诗存》的稿子，那天他兴致很高地对杨绛说："咱们就这样再同过十年。"

杨绛并未多想，张口便说："你好贪心啊！我没有看得那么远，三年、五年就够长的了。"

杨绛向来随和，对生死看得也淡些，这话本是无心，但钱钟书听了却很受打击，黯然良久，以至于到了后来，杨绛总是自责，觉得是自己的话让钱钟书落了心病，很快便住进医院。

钱钟书住院期间，因为药物的副作用，他基本丧失了语言功能，虽不能正常说话，但头脑却是清楚的，因为牙床萎缩，他进食只能依靠“鼻饲”，就是将肉、蔬菜等食材打碎磨成泥，加上骨汤，利用管子从鼻孔输送到胃里。

医院为病人提供的食浆里，混有钱钟书不宜食用的猪肝和豆粉，于是杨绛每天下午都要在家亲自做鼻饲食料，这是一项费神的工程，因为稍有不慎，鸡胸肉的筋、鱼的小刺都会堵住送食的管子。

那时的杨绛已经是八十多岁的老人，体力透支得非常厉害，但每次医生护士劝她回家休息时，她总会说：“钟书在哪儿，哪儿就是我的家。”

有一次，护工请假，杨绛便亲自陪护，见杨绛晚上也留在医院，钱钟书很开心，笑得像个孩子，但陪护对杨绛来说，却不是什么好差事。因为治疗用的各种管子会让人产生异物感，钱钟书睡着后，会下意识地想拔掉管子，杨绛只能整夜按着钱钟书的手。到了早上，她累得整个人瘫倒在椅子上，被医生发现，连忙送去进行抢救。

因为钱钟书说话不便，两人在一起时，常是杨绛在低声絮语，她会说起自己小时的事，还有这些年来共同经历的趣事，有时用英文，更多时候，他们用的是无锡土话，在乡音的陪伴下，两人仿佛回到年轻时，没有病痛、没有苦难、没有哀愁，只有他们两人，相依相守。

钱钟书住院期间，三联书店希望能为他出版全集，但钱钟书认为，自己的作品不值得全部收集，在三联书店的反复请求下，他最终同意出版《钱钟书集》。因为他重病在床，全集的序由杨绛代写。

杨绛深知钱钟书的谦逊与淡泊，她用自己对丈夫一生的了解，写下了最像他的序文。

钱钟书绝对不敢以大师自居。他从不侧身大师之列……

钱钟书六十年前曾对我说，他志气不大，但愿竭毕生精力，做做学问。六十年来，他就写了几本书。本《集》收集了他的主要作品。凭他自己说的“志气不大”，《钱钟书集》只能是菲薄的奉献。我希望他毕生的虚心和努力，能得到尊重。

1998 年 11 月 20 日，北京医院 311 病房里，钱钟书度过了自己 88 岁生日，也是他的最后一个生日。

生日第二天，北京城上空飘起了雪花，中共中央政治局委员、中国社科院院长李铁映在副院长王忍之陪同下，来到北京医院，向钱钟书祝贺华诞，并赠送花篮，两个花篮上分别写着：“祝钱钟书先生八十八华诞。李铁映贺”“祝钱老八十八华诞。中国社会科学院敬贺”。

那之后的十几天里，钱钟书病情平稳，精神状态也很好，到了12月初，他突然发起高烧，北京医院进行了多次专家会诊，用尽方法，高烧却依旧不退。

钱钟书去世之前陷入了昏迷，在短暂的清醒中，他留下一句："绛，好好里。"这是他留在人间的最后一句话。弥留之际，钱钟书放心不下的依旧是相伴多年的妻子，他希望杨绛在之后的日子里好生过下去。

钱钟书是一名坚定的无神论者，但杨绛却刚好相反，在最后的清醒时刻，钱钟书也许忽然想到，杨绛对灵魂不灭的猜测和认知，若人真的灵魂不灭，那么到了下界，是否便得重逢？但正是如此，他才更加担心，生怕杨绛会随他而去，以灵魂相见。

1998年12月19日凌晨，杨绛接到医生通知，当她赶到床前，钱钟书已经弥留，却还有一只眼睛没有合好，杨绛似是明白他的挂念和不安，俯身在他耳边说："你放心，有我哪！"

这句话说完，钱钟书闭上眼睛，溘然而逝。此时的他，已经与病魔抗争了一千六百多个日夜，一如钱钟书之前的誓言，他们不曾生离，只有这最后的一次死别。

钱钟书去世前，已经对自己的后事做了安排："遗体只要两三个亲友送送，不举行任何悼念仪式，恳辞花篮花圈，不保留骨灰。”

钱钟书患病期间曾得到了中央领导人的极大关怀，钱钟书去世当晚，杨绛接到时任中共中央总书记江泽民打来的电话，他对钱钟书的去世表示深切哀悼。

遵照钱钟书的遗愿，他的丧事一切从简，只在北京医院的告别室举行了简单的凭吊仪式。没有挽联挽幛，也没有鲜花和哀乐，钱钟书身着生前喜爱的衣服，静静地躺在简易棺椁中。

钱钟书身上的衣服，有些是杨绛亲手编织的，那些衣服她曾经想捐给灾区，却被钱钟书拦住，说：“这是‘慈母手中线’，其他衣服可以捐，这几件留着。”

当钱钟书的遗体被送到火化间，杨绛掀开他身上的白布，默默地看着相伴六十多年的丈夫，旁边的人劝她离开，她平静却固执地说：“不，我要再站两分钟。”

后来，杨绛的一名学生，同是外文所研究院的薛鸿时回忆起当时的情形：“杨先生没流泪，最后我把钱先生推到火化炉前，杨先生就在那里看，不忍离去，好多人都走了，她还是舍不得离开。”

杨绛没有流泪，因为“钟书不喜欢人家哭他”，她不流泪，并不是不痛，而是将一世深情，在那一刻沉淀下来。直到她动笔写下《我们仨》，人们才从她平和的语句中，体味到她无法言表的悲痛。

钱钟书去世后，作家舒展的妻子曾去看望杨绛先生，进门后来不及开口，一想到杨绛在不到两年的时间里失去了女儿和丈夫，她便抑制不住地抽泣，到后来直接放声大哭。杨绛却还是淡淡的，拉她的手带她坐进沙发，宽慰道："你比钱瑗小四岁吧？傻孩子，我都挺过来了，你还这样哀伤？你不懂呀，如果我走在女儿和钟书前面，你想想，钱瑗、钟书受得了吗？所以，这并不是坏事，你往深处想想，痛苦的担子由我来挑，这难道不是一件好事吗？"

能走在钱钟书身后，是杨绛的愿望，钱钟书一向"笨手笨脚"，她怎能放心让他一人独行在这世上？她守了他一辈子，最后将他好好地送走。正如钱钟书的堂弟所说，杨绛就像一个帐篷，把身边的人都罩在里面，外面的风雨由她来抵挡。

如今，她不必再努力张成一顶帐篷，因为身边需她保护的人，都已经离开了这个世界，从此，"我们仨"变成她一人，慢慢地行走，慢慢地回想，慢慢地纪念。

第二章

我一个人思念我们仨

独活，只为打扫现场

“我们仨”就这样被命运拆散了，三里河的寓所，已经不能再称为是家，而是变成了杨绛在人生旅途上的一个容身之所，至于饱含着温暖与回忆的家，早已不再，但她还不能任性地撒手遁去，还有更重要的事在等着她，一如她所说的那样：“钟书逃走了，我也想逃走，但是逃哪里去呢？我压根儿不能逃，得留在人世间，打扫现场，尽我应尽的责任。”

杨绛要完成的第一个任务，就是将钱钟书的作品整理出版，钱钟书去世后，在杨绛的努力下，2001 年，13 册的《钱钟书集》出版，2003 年，《容安馆札记》影印出书，紧接着，2005 年，《宋诗纪事补订》面世。

杨绛在《为有志读书求知者存——记〈钱钟书手稿集〉》中，很详细地介绍了手稿的情况。

做笔记的习惯是在牛津大学图书馆读书时养成的。因为饱楼的图书向例不外借。那里去读书，只准携带笔记本和铅笔，书上不准留下任何痕迹，只能边读边记。——做笔记很费时间。钟书做一遍笔记的时间，约莫是读这本书的一倍。他说，一本书，第二遍再读，总会发现读第一遍时会有很多疏忽。最精彩的句子，要读几遍之后才发现。钟书读书做笔记成了习惯。但养成这习惯，也因为我们多年来没个安顿的居处，没地方藏书。他爱买书，新书的来源也很多，不过多数的书是从各图书馆借的。他读完并做完笔记，就把借来的书还掉，自己的书往往随手送人了。钟书深谙“书非借不能读也”的道理，有书就赶紧读，读完总做笔记。无数的书在我家流进流出，存留的只是笔记，所以我家没有大量藏书。

……

钟书的笔记从国外到国内，从上海到北京，从一个宿舍到另一个宿舍，从铁箱、木箱、纸箱，以至麻袋、枕套里出出进进，几经折磨，有部分笔记本已字迹模糊，纸张破损。钟书每天总爱翻阅一两册中文或外文笔记，常把精彩的片段读给我听。我曾想为他补缀破旧笔记，他却阻止了我。他说：‘有些都没用了。’哪些没用了呢？对谁都没用了吗？我当时没问，以后也没想到问。

那些手稿跟随他们常年颠簸，早已发黄变脆，薄软得甚至拿不起来，杨绛在整理手稿时，每张都小心揭开，再夹上纸条，分页完毕后再数那纸条，竟有七万多张。

钱钟书的手稿有三类，第一类是外文笔记，包括英、法、德、意、西班牙、拉丁文数种语言，一小部分为打字机打出，其余全是手抄。笔记里还记录着书目版本、刊物出版的日期以及句子在原文中的页数。

第二类是中文笔记，开始时，他的读书笔记和日记混写在一处，因为时代的原因，钱钟书曾用小剪子剪掉了日记，剩下的笔记则页数散乱，内容也支离破碎，是最难整理和拼凑的一部分。

第三类则是“日札”，那些都是钱钟书的读书心得。日札的题目很多，如“容安馆日札”“容安斋日札”，署名则有“容安馆主”“容安斋居士”“槐聚居士”等等，下面还盖着图章。日札里多是中文，还夹杂着外文，有时甚至整篇都用外文写成，涉及的内容从古到今，中外通收，繁杂而丰富。

钱钟书做笔记时非常节省，无论多大的纸张他都要写满。笔记的一稿很规矩地写在纸上，但后面需要补充和添加时，就会扯一条线到边上，写很小很小的字。有些笔记中有四种不同颜色的记号，字迹多有重叠，很难辨认。为了将要写的东西全都记下，只要纸上有空白，他就会向那里延伸，再看时总要将纸转来转去。

整理手稿时，因为杨绛不懂德文、意大利文和拉丁文，外文笔记的翻译重任便交给了德国汉学家莫宜佳博士，他是德文《围城》的翻译者，而杨绛要负责的，是大量中文和中英文混杂的残破笔记，这部分工作量十分庞大，一天，《钱钟书手稿集》的责编郭红到杨绛家里取资料，只见杨绛临窗的那张书桌前，摊满了残破的手稿，一旁还摆着剪刀和胶水，为了拼对钱钟书破损的手稿，杨绛已经累得眼睛都红肿了。

那时的杨绛已经年近九十，却还是用尽全力地整理着手稿，她常叹：“我来日无多，总怕来不及做完这件事，常常失眠，睡不着觉。”她常将自己戏称为“钱办主任”，也正是凭借这位“主任”的努力，钱钟书的读书笔记才能为世人所见。

对于一位老人来说，整理手稿的工作是辛苦的，但对于杨绛来说，每天对着手稿上熟悉的字迹，是否也会想起她和钱钟书当年的好时光，或许，整理钱钟书的手稿，本身就是她与钱钟书的再一次相伴吧？

让杨绛深感遗憾的是，钱钟书曾经想写一部英文版的《管锥编》，专门评论外国文学，他已经构思完毕，却因为身体原因，无法诉诸笔端，在从上海迁往北京的过程中，他们还遗失了一本名为《百合心》的小说手稿，当时那本小说已经完成了一半。

最初的《钱钟书手稿集》，是在2003年利用高科技手段影印而成，斥资300万元，取名《容安馆札记》，杨绛依照从前的习惯为本书题写了书名，之后，《钱钟书手稿集·中文笔记》与《钱钟书手稿集·外文笔记》也相继出版。

杨绛曾说，虽然这些手稿被钱钟书说成是“没用了”，但她还是希望以这种公之于世的方式，将钱钟书的手稿妥善保留，并使“死者如生，生者无愧”。

在“死者如生，生者无愧”的方向上，杨绛还做了一件事，那便是在清华母校设立了“好读书”奖学金，这是她早与钱钟书商量妥当的，而“好读书”正是他们共同的兴趣，因为这个兴趣，他们最终走到了一起，相伴终生。

2001 年 9 月 7 日，“好读书”奖学金捐赠仪式在清华园里举行，在发言时杨绛说：“这次是我一个人代表三个人说话，代表我自已、已经去世的钱钟书和女儿钱瑗。”她宣布将钱钟书和她自已在 2001 年上半年获得的稿酬，共计 72 万元，以及之后出版作品的版税，全部捐赠给母校教育基金会，让“好读书”奖学金帮助更多学子完成学业。

此后，杨绛和钱钟书的版税稿酬不断增长，“好读书”奖学金的金额也越发庞大。杨绛此举赢得了社会各界的称赞，当然也存在着一些质疑的声音，一位邻居就曾不解地评价杨绛：“她傻不傻啊，捐出去的钱都够买套别墅了。”

杨绛听闻后却只是淡淡地笑，也许人活在世上，总要有些“形而上”的追求，那位邻居大约不会懂得，一个曾经“家中无奢侈，唯有书与桌”的爱书人，在痛失女儿与爱人之后，又怎会对别墅心有念念？对杨绛来说，再好的住所，不过是生命旅途中的驿站，没有“我们仨”，就不会有家。

所谓“打扫”，有时遇见的未必都是开心事。

2013 年 5 月，一家拍卖公司发布公告，称将于 6 月举行钱钟书、杨绛、钱瑗的书信及手稿拍卖会，参卖作品共计110件。那些书信大多是“我们仨”与香港《广角镜》杂志总编李国强的书信，但内容涉及一些个人隐私，并不适合公之于众。

杨绛得到消息后立即打电话质问李国强：“我当初给你书稿，只是留作纪念；通信往来是私人之间的事，你为什么要把它们公开?”又很强硬地指出：“这件事情非常不妥，你为什么要这样做？请给我一个答复。”

李国强在电话里答应会给杨绛书面答复，但信件即将拍卖的消息并未中断。终于，102岁的杨绛亲自出面，将此事诉诸法律。

在杨绛看来，这件事绝不只涉及金钱与个人利益，而是关于信任、隐私权和法律权威的事件。她激愤地质问：“个人隐私、人与人之间的信赖、多年的感情，都可以成为商品去交易吗?”

在她的强烈反对和学术界同人的大力支持下，那场拍卖会最终被取消了。人们这才意识到，杨绛虽然已是一位百岁老人，但那股深藏在性格中的刚烈与勇武，却丝毫不因岁月的侵蚀而衰减褪色，她是温婉平和的，却也是凛然而不容侵犯的。

她怀念钱钟书，也怀念钱瑗，但怀念未尝不是一种动力，她用自己的方式，在他们离开以后，继续守护着“我们仨”，守护着这个家。

1991 年，钱钟书曾为杨绛构思中的小说人物写下七首情诗，而其中“梦魂长逐漫漫絮，身骨终拼寸寸灰”一联，竟一语成谶，写尽了杨绛后来的独行。

她孑然一身地留在世上，整理遗稿、打扫现场，以这种独特的方式，延续着对他的照顾、对他的爱和思念。

回忆会在笔端鲜活

很多懂得写作的人都会说，写作是疏解和宣泄情感的最好方式。无论怎样的经历，只要将它落在纸上，便能成为过往，美好、伤感或是痛苦，都会从心里走出来，附着在纸上，变成一种留念。

钱瑗去世后，杨绛强忍悲痛，对钱钟书说：“阿圆走了，我要写一个女儿，叫她陪着我。”听她这样讲，躺在病床上的钱钟书点点头，表示同意。

但杨绛还来不及写下自己的女儿，钱钟书便去世了，那之后又四年，在杨绛 92 岁时，写出了《我们仨》。

在这本书里，没有浪漫煽情的故事，也没有曲折离奇的情节。杨绛写出的只是记忆中闪着微光的琐事，杨绛凭着自己温润细腻的笔法，写“活”了自己的女儿。

书的开篇没有回忆，而是一个长长的梦，一个仿佛真实如昨的万里行者之梦，那些在梦里潜藏的、暗涌的、亦真亦幻的“假象”，正是“我们仨”相伴走过的风雨点滴，弥漫在梦境和文字之间的，则是杨绛难以言表却袒露无遗的不舍与哀伤。

杨绛曾说：“我这一生并不空虚，我活得很充实，也很有意思，因为有我们仨。”当“我们仨”失散时，杨绛成了行走在路上的黄昏倦客：“家在哪里，我不知道，我还在寻觅归途。”

《我们仨》在2003年出版，扉页上只一句：“我一个人思念我们仨”，说尽了所有的疲惫、寂寞、沧桑和无奈，教人心疼。

《我们仨》以其平实哀伤的叙述，感动了无数人，但杨绛却依旧说：“我没写什么大文章，只是把个人的思念之情记录了下来，不为教育谁用。”

她的写作，已经不再是为谁而写，而变成了暮光中的陪伴与慰藉。它可以抵御思念，让那些先逝的亲人们重新出现在她眼前，她努力地握住自己的纤纤细笔，画一条去往回忆的虹桥，让那些美好在笔端鲜活地盛开。

钱钟书去世后，杨绛在他的藏书中几番寻找，遇见了柏拉图的《斐多篇》，里面记录了苏格拉底在就义前与门徒的对话，他说："真正的哲学家一直在练习死。在一切世人中间，唯独他们最不怕死。"

杨绛决定翻译《斐多篇》，她不会希腊文，但这样似乎刚好，正因为不认识，翻译的难度很大，这既占用了她的时间，也将她从失去亲人的悲痛中拉扯出来。

苏格拉底信奉的灵魂不灭思想，激发了她对人生和世界的思考。96 岁时，她再度提笔，写下了《走到人生边上——自问自答》，这本书的书名寓意深长，也刚好与钱钟书写于 20 世纪 40 年代的《写在人生边上》相照应。

这本《走到人生边上》，是杨绛对生死、神鬼、天命等哲学问题的终极思考，她在书中坦率地表示，自己已经"走到人生边上"，再往前走，就是"走了""去了"，而"在这个物欲横流的人世间，人生一世实在是够苦的。你存心做一个与世无争的老实人吧，人家就利用你，欺侮你。你稍有才德品貌，人家就嫉妒你，排挤你。你大度退让，人家就侵犯你，损害你"。

当杨绛走过一个世纪的风雨，再回顾这个世界上的善良与险恶，显露出的是她一生的修养，她性格上的淡泊和隐忍，她自抱原则的风骨与坚持，拼成她作为杨绛的整个形象。

《走到人生边上》前一部分是论述，后面则是以散文构成的“注释”。在这些独立成篇的散文中，流淌着她对灵魂重逢的向往，她时常会想象，自己“去了”以后，会以怎样的面貌与先逝的亲人相见？若是以老年样貌，丈夫和女儿认得，那父母如何相认？若是回到十五六岁的样子，父母是认得的，那钱钟书和钱瑗认得吗？但这些都是无须担忧的，因为在杨绛的概念里，抛却肉体以后，灵魂都是彼此熟识的，无论是父母姐妹，或是“我们仨”，灵魂永远不会改变，就像每一次的故人入梦那样。

2004 年，人民文学出版社出版《杨绛文集》，但杨绛年近百岁之时，还在不断地创作，于是这套文集在 2009 年和 2014 年又进行了两次扩充。

2013 年 9 月，她用了一个月，写下五篇回忆文章：《回忆我的母亲》《三姊姊是我的“启蒙老师”》《太先生》《五四运动》和《张勋复辟》。

2014 年，《洗澡之后》出版，在“前言”中，杨绛写道："假如我去世以后，有人擅写续集，我就麻烦了。现在趁我还健在，把故事结束了吧。这样呢，非但保全了这份纯洁的友情，也给读者看到一个称心如意的结局……我这部《洗澡之后》是小小一部新作，人物依旧，事情却完全不同。我把故事结束了，谁也别想再写什么续集了。"

2014年，迄今为止最全的《杨绛全集》出版了，新版的《杨绛全集》共九卷，共计两百七十余万字。尽管在文学上取得了傲人成就，但杨绛依旧怀有遗憾，她将这份遗憾写进《杨绛全集》的序中。

我当初选读文科，是有志遍读中外好小说，悟得创作小说的艺术，并助我写出好小说。但我年近八十，才写出一部不够长的长篇小说。

没能"少年得志"，大约也算是杨绛创作生涯中的一大遗憾。毕竟，在那个"女子读书是稀奇"的年代，受到良好教育的女子，多在年轻时便崭露头角，成功地让自己的容貌与才学一并传扬开去，但正如钱钟书对钱瑗说过的那样，"你妈妈与众不同"，正是那种被钱钟书一眼看中的不同，让杨绛走出了一条与同代女作家完全不同的文学道路。毕竟，盛名无关早晚，众生殊途同归，只有那些受得住考验的意志、经得住寂寞的灵魂，才能觅得人性的真谛，登上文学的巅峰。

写作，让杨绛的生命变得充实而精彩，也让那些难忘的回忆，透过笔端，更加鲜活地展现在她眼前。她一直在写，也一直会写下去，直到生命的最后。

归隐于文字之乡

老年的杨绛，已经不复年轻时的娃娃脸。这位老去的“洋囡囡”身材瘦小，腰背一直是挺直的，白发里藏着一些黑发，牙齿也还完好，更重要的是她的思维一直敏捷清晰，这也为她晚年著书提供了必要的保障。

杨绛很重视身体锻炼，她常在院子里散步。偶尔遇见院子里的人，她总是友善地打招呼，杨绛尤其喜欢小孩子，她还会偶尔给绿化员工提建议，多是关于园中树木的合理布局，或是某处的枯枝还需要清理。

2006 年时，杨绛已经 96 岁，她已经“是个大聋子”，讲话都要在耳边大喊，她也会大声回答，虽然这样聊天很耗体力，但她还是欣然接受了学者毕冰宾的电话访谈。

此时的杨绛，已经真的走到了“人生边上”。最后的十年里，她深居简出，完全归隐于文字之乡。

她一直住在三里河，房间的摆设和钱钟书在世时一样，客厅墙上，“我们仨”的合影中，钱钟书和钱瑗正对着她微笑。

“为了坐在屋里能够看到一片蓝天”，杨绛家的阳台一直没有封闭起来，她依旧保持着干净整洁的习惯，无论什么时候都会把自己收拾得很精致。

杨绛的堂弟媳陈霞清曾回忆说，每次去探望，都要预先和保姆说好，拜访的时间不能太早，因为杨绛需要梳妆打扮，虽然她的衣服都是半新不旧，但整洁朴素，非常有气派，想来陈霞清口中的气派，正是来自杨绛从容淡定的内心。

她总是微笑着，眼睛明亮而有神，直到后来，她仍保持着近乎少女的神态。事实上，当钱瑗和钱钟书相继离世，杨绛一度需要服用大量的安眠药，才能勉强入睡。那时的她虚弱得连走路都要扶墙，但在100岁时，她仍然可以自己爬上桌子，叠上椅子，自己更换灯管。

暮年的杨绛，受到众多方面的关注，但她依旧坚持着“零”的心态。

出版社要为新书发布做活动，她拒绝说：“我是一滴清水，吹不出肥皂泡，我把稿子交出去了，剩下怎么卖书的事情，就不是我该管的了。”政府提出要为她装修房子，她推辞道："虽说是国家的钱，到底是老百姓的，所以不要破费。"

每年，杨绛都要"躲"生日，她总是回绝出版社等机构的探望和祝寿活动。2011 年 7 月 17 日，杨绛百岁寿辰，如此重要的生日，她依旧温和地拒绝了亲友的祝寿，只说："天太热，你们在家替我吃一碗寿面，别麻烦大家了。"

杨绛百岁生日时，接受了《文汇报》的笔谈专访，那是她多年以来第一次公开接受外界访问，在笔谈的末尾，她说："我今年 100 岁，已经走到了人生的边缘，我无法确知自己还能往前走多远，寿命是不由自主的，但我很清楚我快'回家'了。我得洗净这100 年沾染的污秽回家。我没有'登泰山而小天下'之感，只在自己的小天地里过平静的生活。"

年过百岁的杨绛，生活更加规律，她饮食清淡，喜欢用大棒骨的汤煮木耳吃，她睡得不多，晚上一点半躺下，早上六点半就会起床。

这时的杨绛已经不常出门，她在家每天读书写作，还要在家里走上 7000 步。遇到天气好的时候，她会到外面散步，邻居见了都夸她身体好，说她能活到 120 岁，但杨绛却笑着摇头说："不，那样太苦了。"

她很少说起对钱钟书和钱瑗的思念，她总是微笑着，总是淡淡地讲起往事，但在她的心底，永远深藏着对钱钟书和钱瑗的无限思念。

杨绛每天都会练习小楷，抄写《槐聚诗存》，因为可以“练练字，也通过抄诗与他的思想诗情亲近亲近”。

钱瑗以前的同学经常来看望杨绛，她亲昵地叫他们“小友”。见到这些年过古稀的“小友”，杨绛是开心的，但同时她也会哀伤地想到，若是钱瑗还在，也是一样的年纪了。

2010 年，钱钟书 100 周年诞辰，此时，距离两人的死别，已经过去了 12 个春秋。杨绛写下一首《忆锺书》：

与君结发为夫妻，坎坷劳生相提携。

何意忽忽暂相聚，岂已缘尽永别离。

为问何时能相见，有谁能识此天机。

家中独我一人矣，形影相吊心悲凄。

也许，只有在诗歌中，杨绛才能将自己的心声全部展露，那些深而至浓的哀思，在岁月中默默酝酿，流淌成一曲动人的离殇。

每次谈起自己的人生，杨绛总说：“钱先生和阿圆都走了，我的路也走完了。”

她将死亡称作“回家”，只有死亡才能将她带离这段寂寞的人生长路，才能送她与家人团聚，她说自己心静如水，她说自己要过好当下的每一天，她说自己时刻准备“回家”。